世界一《せかいいち》クラブ

テレビ取材《しゅざい》で大《だい》スクープ！

大空《おおぞら》なつき・作
明菜《あきな》・絵

角川つばさ文庫

世《せ》界《かい》一《いち》クラブ

テレビ取材《しゅざい》で大《だい》スクープ!

目次《もくじ》

世《せ》界《かい》一《いち》クラブ 人物紹介《じんぶつしょうかい》

世界一《せかいいち》の柔道少女《じゅうどうしょうじょ》

五井《ごい》すみれ

小《しょう》6。運動《うんどう》は何《なん》でも得意《とくい》！
柔道《じゅうどう》の世界大会優勝《せかいたいかいゆうしょう》。だれかれかまわず、投《な》げとばす!?

世界一《せかいいち》の天才少年《てんさいしょうねん》

徳川光一《とくがわこういち》

小学《しょうがく》6年生《ねんせい》。読《よ》んだ本《ほん》はもう何十万冊《なんじゅうまんさつ》。しかし、起《お》きてから3時間《じかん》たつと、眠《ねむ》っちゃう!?

世界一《せかいいち》の忍《しの》び
風《かぜ》早《はや》和《かず》馬《ま》
小《しょう》6。忍者《にんじゃ》の家系《かけい》。忍《しの》びの大会《たいかい》で優勝《ゆうしょう》。けれど、忍《しの》びとバレてはいけない！
世界一《せかいいち》のエンターテイナー
八《や》木《ぎ》健《けん》太《た》
小《しょう》6。ものまね、マジック、コント、漫才《まんざい》などがプロなみ。でも、世界一《せかいいち》のドジ!?
世界一《せかいいち》の美少女《びしょうじょ》
日《ひ》野《の》クリス
美少女《びしょうじょ》コンテスト世界大会《せかいたいかい》で優勝《ゆうしょう》。ただし、超《ちょう》はずかしがりや！

★1 助《すけ》っ人《と》はそっけない？

はあはあ……

どくどくと、心臓《しんぞう》がひっきりなしに鳴《な》っている。

息《いき》を切《き》らしながら、徳川光一《とくがわこういち》は、また一歩《いっぽ》、足《あし》を踏《ふ》みだした。

正直《しょうじき》にいって、めちゃくちゃきつい。

せっかくの昼休《ひるやす》みなのに、なんで、こんなに全力《ぜんりょく》で走《はし》るはめになるんだ!?

廊下《ろうか》には、地響《じひび》きのような、そうぞうしい足音《あしおと》が鳴《な》りひびいている。

すぐ前《まえ》を走《はし》っているのは、ショートパンツの幼《おさな》なじみ。茶色《ちゃいろ》いショートカットの髪《かみ》を、軽《かろ》やかにゆらしながら、すみれが口《くち》をとがらせた。

「光一《こういち》、もうちょっと速《はや》く走《はし》ってよ。これじゃあ、また、和馬《かずま》に負《ま》けちゃうじゃん！」

「いろんなスポーツ大会《たいかい》に、助《すけ》っ人《と》で出《で》てる人間《にんげん》と、同《おな》じ速度《そくど》で走《はし》らせようとするな！」

「だいじょうぶだって。光一《こういち》も、素材《そざい》は悪《わる》くないんだし」

すみれが、後《うし》ろをついてくる光一《こういち》を、ちらりと振《ふ》りかえる。

ちょうど、進行方向《しんこうほうこう》の角《かど》から、サッカーボールを持《も》った男子二人《だんしふたり》が飛《と》びだした。

ぶつかる！

「前《まえ》！」

「おっと」

すみれは、さっと視線《しせん》を前《まえ》に戻《もど》す。

その場《ば》にぐっとかがみこんで、思《おも》いっきり空中《くうちゅう》へと跳《と》びだした。

一瞬《いっしゅん》で、男子《だんし》の身長《しんちょう》を軽《かる》く飛《と》びこえる。

……いったい、どんなジャンプ力《りょく》だ。

すみれは、空中《くうちゅう》で鮮《あざ》やかに一回転《かいてん》する。そのまま、勢《いきお》いよく廊下《ろうか》に着地《ちゃくち》した。

ズドン！

「カンペキ！　ねえ、光一《こういち》。あたし、柔道《じゅうどう》のオリンピック選手《せんしゅ》だけじゃなくて、体操《たいそう》のオリンピック選手《せんしゅ》にもなれそうじゃない？」

「その恐竜《きょうりゅう》の足踏《あしぶ》みみたいな着地《ちゃくち》じゃ、どうやったってなれないな」

「……何《なに》よ、それ」

すみれが、じとっと目《め》を細《ほそ》めながら、光一《こういち》をにらむ。

ヤバい。

また、柔道技《じゅうどうわざ》で投《な》げられる!?

「ほら、すみれ。いいのか？　風早《かぜはや》を追《お》いかけなくて」

「あっ！　忘《わす》れてた！」

すみれが、うげっとした顔《かお》で、再《ふたた》び廊下《ろうか》を走《はし》りだす。

先頭《せんとう》を行《い》っていた長身《ちょうしん》の人影《ひとかげ》が、つきあたりから非常階段《ひじょうかいだん》へと抜《ぬ》ける。閉《と》じかけたドアを体《からだ》で押《お》しあけて、光一《こういち》はすみれといっしょに外《そと》へ出《で》た。

バン！

ぐるりと辺《あた》りを見《み》まわす。

けれど――非常階段《ひじょうかいだん》には、だれの姿《すがた》もない。

「あれ、和馬《かずま》がいない!?」

「いや。たしかに、ここに入《はい》ったはずだ」

「でも、階段《かいだん》を下《お》りてった音《おと》はしなかったし」

すみれが、手《て》すりから少《すこ》しだけ身《み》を乗《の》りだして、下《した》をのぞきこむ。

「もしかして、忍術《にんじゅつ》で消《き》えた!?」

「そんなわけないだろ」

……多分《たぶん》。

でも、ここは四階《かい》だ。校舎《こうしゃ》で一番高《いちばんたか》いから、この上《うえ》に階段《かいだん》はないし……。

まさか!?

光一《こういち》は、はっと校舎《こうしゃ》を見上《みあ》げる。

最初《さいしょ》に目《め》についたのは、ハイカットの黒《くろ》いスニーカー。さらに顔《かお》を上《あ》げると、切《き》れ長《なが》の瞳《ひとみ》と、すぐに目《め》が合《あ》った。

「……風早《かぜはや》!」

和馬《かずま》が、いつも通《どお》りのクールな顔《かお》で、屋根《やね》の上《うえ》に立《た》っている。

普通《ふつう》だったら登《のぼ》れないようなところも、和馬《かずま》は軽《かる》く行《い》けてしまう。

なぜなら、〈世界一《せかいいち》クラブ〉のメンバー兼助《けんすけ》っ人《と》、風早和馬《かざはやかずま》は――〈世界一《せかいいち》の忍《しの》び小学生《しょうがくせい》〉だからだ。

それにしたって、この壁《かべ》、どうやって登《のぼ》ったんだ？

「あっ――――っ！」

「――っ」

すみれが大声《おおごえ》を上《あ》げると、和馬《かずま》は不満《ふまん》そうに顔《かお》をしかめる。ひらりと、すぐに屋根《やね》の向《む》こうへ姿《すがた》を消《け》した。

昼休《ひるやす》みに和馬《かずま》を追《お》いかけはじめて、もう一週間《しゅうかん》。

なのに、まだ一度《ど》も和馬《かずま》を捕《つか》まえられてない。

ぜんぜん本《ほん》も読《よ》めないし、いい加減《かげん》、あきらめないか？

光一《こういち》は、はーっと息《いき》をつく。その横《よこ》で、すみれは悔《くや》しそうに、地団駄《じだんだ》を踏《ふ》んだ。

「もーっ！　また逃《に》げられたー‼」

すみれが上《あ》げた特大《とくだい》な叫《さけ》び声《ごえ》が、学校中《がっこうじゅう》に響《ひび》いた。

★2 事件《じけん》は作《つく》るもの

「あーあ、また世界一《せかいいち》クラブで集《あつ》まれなかった！」

後《うし》ろから教室《きょうしつ》に入《はい》ってきたすみれが、がっかりと肩《かた》を落《お》とす。光一《こういち》は、大《おお》きく息《いき》をはきながら、机《つくえ》につっぷした。

……すみれと風早《かぜはや》と走《はし》ってたら、おれもオリンピック選手《せんしゅ》になれそうだな。

和馬《かずま》は、あのまま屋根《やね》の向《む》こうへと逃《に》げさった。さらに追《お》いかけようとしたすみれを引《ひ》っぱって、光一《こういち》は、なんとか教室《きょうしつ》に戻《もど》ってきた。

もう昼休《ひるやす》みは、半分以上過《はんぶんいじょうす》ぎている。

教室《きょうしつ》は、ほとんどのクラスメイトがグラウンドや廊下《ろうか》へ出《で》ていて、人影《ひとかげ》はまばらだ。

窓際《まどぎわ》の一番後《いちばんうし》ろの席《せき》は、昼休《ひるやす》みでもぽかぽかと陽気《ようき》な日差《ひざ》しが当《あ》たる。

走《はし》ってきたばっかりだから、ちょっと暑《あつ》いな……。

「光一《こういち》、おつかれさま！」

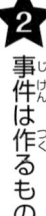

右斜《みぎなな》め前《まえ》の席《せき》から、健太《けんた》が元気《げんき》よく身《み》を乗《の》りだす。下敷《したじ》きで顔《かお》をあおごうとする光一《こういち》に、さっとタオルを差《さ》しだした。

「ぼくの、使《つか》っていいよ。汗《あせ》かいたでしょ」

「ありがと」

こういう気《き》づかいが、健太《けんた》らしいよな。

ほっとしながら、タオルの端《はし》をつかむ。顔《かお》をふこうと引《ひ》っぱると、タオルがマフラーみたいに、健太《けんた》の手《て》からびろーんと伸《の》びた。

……思《おも》ったより、長《なが》いタオルだな。

両手《りょうて》を使《つか》って、するするとタオルを引《ひ》っぱる。けれど、いつまでたっても、健太《けんた》の手《て》からタオルがなくならない。

だんだんと、光一《こういち》の体《からだ》がタオルに埋《う》もれていく。あんぐりと口《くち》を開《あ》けて様子《ようす》を見《み》ていたすみれが、吹《ふ》きだしそうになって口《くち》を押《お》さえた。

「ぷぷっ、健太《けんた》。何《なに》これ」

「えっへっへー、じつはこれ、引《ひ》っぱるとすっごく伸《の》びるタオルなんだ！」

「あははっ。光一《こういち》ってば、ミイラみたいなんだけど」

「だれがミイラだ！」

光一《こういち》は、タオルの山《やま》からなんとか顔《かお》を出《だ》す。

気《き》がつくと、教室《きょうしつ》に残《のこ》っていたクラスメイトが、あちこちでおかしそうに笑《わら》っていた。

まったく。健太《けんた》の行動《こうどう》ってときどき、全然先《ぜんぜんさき》が読《よ》めないんだよな。

小《しょう》2からずっと仲《なか》のいい八木健太《やぎけんた》。

人《ひと》を楽《たの》しませるのが大好《だいす》き。神《かみ》ワザの声《こえ》まねを筆頭《ひっとう》に、一人《ひとり》コントやら手品《てじな》やら、あの手《て》この手《て》で笑《わら》わせようとしてくる、〈世界一《せかいいち》のエンターテイナー小学生《しょうがくせい》〉だ。

と同時《どうじ》に、何《なに》もないところで一日《いちにち》十回《かい》はつまずく、〈世界一《せかいいち》のドジ小学生《しょうがくせい》〉とも言《い》われている。

健太《けんた》も光一《こういち》たちと同《おな》じく世界一《せかいいち》クラブのメンバーだ。

世界一《せかいいち》クラブ。

一学期《がっき》の始業式《しぎょうしき》の日《ひ》、三《み》ツ谷《や》小学校《しょうがっこう》で起《お》きた『脱獄犯《だつごくはん》立《た》てこもり事件《じけん》』を解決《かいけつ》するために、光一《こういち》がメンバーを集《あつ》めて作《つく》ったクラブだ。

男子《だんし》三人《にん》に女子《じょし》二人《ふたり》、性格《せいかく》はバラバラでまとまりがない。

でも、五人《にん》には特別《とくべつ》な共通点《きょうつうてん》が一つだけある。

それは——世界一《せかいいち》の特技《とくぎ》を持《も》った小学生《しょうがくせい》であることだ。

世界一《せかいいち》クラブの五人《にん》は、学校《がっこう》に立《た》てこもった脱獄犯《だつごくはん》を退治《たいじ》し、司書《ししょ》の橋本先生《はしもとせんせい》を助《たす》けだした。

しかも、事件《じけん》を解決《かいけつ》にみちびく中《なか》で、脱獄犯《だつごくはん》の中《なか》に、とんでもない男《おとこ》が紛《まぎ》れていることまでわかり——。

結果的《けっかてき》に、光一《こういち》たちは盗《ぬす》まれた十億円《おくえん》のブルーダイヤを発見《はっけん》した。

事件解決後《じけんかいけつご》、すみれがまたみんなで活動《かつどう》したいと言《い》いだして、調子《ちょうし》に乗《の》った健太《けんた》が、世界一《せかいいち》クラブって名前《なまえ》を付《つ》けたんだけど。

「もうあれから一週間《しゅうかん》もたつのに、世界一《せかいいち》クラブで集《あつ》まれてないじゃん！」

えりでぱたぱたと顔《かお》をあおいでいたすみれが、口《くち》をとがらせながら、両手《りょうて》を腰《こし》にあてた。

光一《こういち》の小《ちい》さいころからの幼《おさな》なじみ、五井《ごい》すみれ。

小柄《こがら》だからと、あなどるなかれ。

世界小学生柔道大会《せかいしょうがくせいじゅうどうたいかい》で優勝《ゆうしょう》したこともある、〈世界一《せかいいち》の柔道少女《じゅうどうしょうじょ》〉だ。

天才的《てんさいてき》に運動神経《うんどうしんけい》がいいから、野球《やきゅう》、バレー、水泳《すいえい》にスキー――みんなに頼《たの》まれて、他《ほか》のスポーツでもよく助《すけ》っ人《と》に出《で》ている。

見《み》た目《め》はけっこうかわいいと言《い》われているが、デリカシーはゼロだ。

「でも、しょうがないよ」

すみれの横《よこ》で、健太《けんた》は一人《ひとり》納得《なっとく》するように、うんうんとうなずいた。

「和馬《かずま》くんには、秘密《ひみつ》がいっぱいあるんだから。なんて言《い》ったって〈世界一《せかいいち》の忍《しの》び〉――」

「健太《けんた》、ストップ！」

光一《こういち》は、山《やま》のようなタオルを健太《けんた》に向《む》かって放《ほう》りなげる。健太《けんた》は、自分《じぶん》のタオルに埋《う》もれながら、もごもごともがいた。

危《あぶ》ない。うっかり健太《けんた》がバラすところだった。

健太《けんた》が言《い》いかけたとおり、和馬《かずま》は忍《しの》びの大会《たいかい》で毎年優勝《まいとしゆうしょう》している、由緒正《ゆいしょただ》しき家系《かけい》の忍者《にんじゃ》だ。

ただし、この学校《がっこう》でその正体《しょうたい》を知《し》っているのは、光一《こういち》たち世界一《せかいいち》クラブのメンバーだけ。

正体《しょうたい》がバレるのは、忍《しの》びとしては致命的《ちめいてき》。

だから、その秘密《ひみつ》を守《まも》る代《か》わりに、和馬《かずま》にはあくまで助《すけ》っ人《と》として協力《きょうりょく》してもらっている。

「すみれも健太《けんた》も、学校《がっこう》の中《なか》だと目立《めだ》つだろ。すみれは運動《うんどう》クラブの手伝《てつだ》いによく行《い》ってるし、健太《けんた》は休《やす》み時間《じかん》に、後輩《こうはい》に手品《てじな》とか見《み》せてやってるからな」

「目立《めだ》ちたくないから、あんまり学校《がっこう》では話《はな》したくないってこと？　それじゃあ、作戦会議《さくせんかいぎ》もできないじゃん。何回《なんかい》追《お》いかけっこしても、和馬《かずま》は捕《つか》まえられないし」

すみれは、不満《ふまん》そうに、頭《あたま》の後《うし》ろで手《て》を組《く》む。横目《よこめ》で、ちらりと光一《こういち》をにらんだ。

「光一《こういち》が、なんとかしてよね」

「おれが解決《かいけつ》することか!?」

「だって、光一《こういち》は世界一《せかいいち》クラブのリーダーでしょ？　五人《にん》を集《あつ》めたのは、光一《こういち》なんだからさ」

すみれが、光一《こういち》の鼻先《はなさき》に指《ゆび》を突《つ》きつける。

「このままじゃ、いざ大《おお》きな事件《じけん》が起《お》きても、みんなで集《あつ》まるだけで一苦労《ひとくろう》じゃん」

うっ。

すみれはときどき、痛《いた》いところつくんだよな……。

言《い》いかえさない光一《こういち》を見《み》て、すみれがふふんと自慢《じまん》そうに腕《うで》を組《く》む。

光一《こういち》は、むっとしながら、机《つくえ》の引《ひ》きだしから読《よ》みかけの本《ほん》を出《だ》した。

「別《べつ》に、今《いま》のところ事件《じけん》なんて起《お》きてないだろ」

「それが、そうでもないんだって。あたし、すっごい事件《じけん》をゲットしてきたの！」

「もごっ……ぼくもぼくも。すごい話《はなし》を聞《き》いちゃってさあ！」

健太《けんた》が、タオルの山《やま》からなんとか抜《ぬ》けでながら、大声《おおごえ》を上《あ》げる。

すごい事件《じけん》に、すごい話《はなし》……？

すみれと健太《けんた》は目《め》を合《あ》わせて笑《わら》うと、光一《こういち》の机《つくえ》に手《て》をついた。

「なんと昨日《きのう》の夜《よる》に、隣《となり》のクラスの佐藤《さとう》さん家《ち》から、飼《か》い猫《ねこ》がいなくなっちゃったんだって！」

「へえ」

「ぼくも、三年生《ねんせい》の子《こ》から聞《き》いたんだけど、四階《かい》のトイレに幽霊《ゆうれい》が出《で》るらしいよ。女《おんな》の子《こ》の悲鳴《ひめい》が、聞《き》こえるんだってさ！」

「ふうん」

「先週《せんしゅう》、学校近《がっこうちか》くの公園《こうえん》に不審者《ふしんしゃ》も出《で》てたって！　五年生《ねんせい》の女《おんな》の子《こ》が、声《こえ》をかけられて」

「そうだな」

「あとねあとね！　これは超秘密事項《ちょうひみつじこう》なんだけど、うちのクラスのある女《おんな》の子《こ》が、好《す》きな人《ひと》に告《こく》白《はく》しようか迷《まよ》ってるんだってさあ！」

「なにそれ、すごいじゃん！」

「どう？　大事件《だいじけん》でしょ!?」

「あたしたちで、解決《かいけつ》しようよ！　光一《こういち》」

「……なんでだ！」

おれは、何《なん》でも屋《や》になったわけじゃないからな!?

光一《こういち》は、本《ほん》から少《すこ》しだけ顔《かお》を上《あ》げると、すみれと健太《けんた》を見《み》ながら一息《ひといき》に言《い》った。

「一つ目《め》。迷《まよ》い猫《ねこ》は、まず保健所《ほけんじょ》に連絡《れんらく》。地域《ちいき》の保護猫活動《ほごねこかつどう》をしている団体《だんたい》がいれば、そこにも確認《かくにん》したほうがいい。猫《ねこ》が脱走《だっそう》した経路《けいろ》の窓《まど》やドアは、防犯《ぼうはん》に注意《ちゅうい》しながら開《あ》けておくこと」

「う、うん」

「二つ目《め》。おれの個人的見解《こじんてきけんかい》では、幽霊《ゆうれい》は存在《そんざい》しない。たぶん、何《なに》かの聞《き》き間違《まちが》いだろ」

「えええっ、そうなの!?　ぼくは信《しん》じてるんだけど。ほら、こんなかんじでさ……キャア————！！！」

がっかりと肩《かた》を落《お》としながら、健太《けんた》が幽霊《ゆうれい》の声《こえ》まねで悲鳴《ひめい》を上《あ》げる。教室《きょうしつ》に残《のこ》っていたクラスメイトが、びくっとして辺《あた》りを見《み》まわした。

……本物《ほんもの》にしか聞《き》こえないから、かんべんしてくれ。

「三つ目《め》。不審者《ふしんしゃ》はすでに警察《けいさつ》から発表《はっぴょう》があった。先週末《せんしゅうまつ》、新聞《しんぶん》の地域面《ちいきめん》の右端《みぎはし》に小《ちい》さく掲載《けいさい》されていたけど、ただの道《みち》に迷《まよ》っていたおじさんで、事件性《じけんせい》はなし」

「光一《こういち》、よくそんなことまで覚《おぼ》えてるねえ」

「さっすが、〈世界一《せかいいち》の天才少年《てんさいしょうねん》〉！」

感心《かんしん》する健太《けんた》に続《つづ》いて、すみれが、手《て》を叩《たた》いてはやしたてる。光一《こういち》は、むっとかたい表情《ひょうじょう》を作《つく》った。

百科事典《ひゃっかじてん》は幼稚園《ようちえん》に入《はい》る前《まえ》に読破《どくは》ずみ。読《よ》んだ本《ほん》はもう何十万冊《なんじゅうまんさつ》かわからない。

そのせいで、光一《こういち》は〈世界一《せかいいち》の天才少年《てんさいしょうねん》〉と呼《よ》ばれている。

「じゃあ、四つ目《め》の告白《こくはく》は？」

「〈世界一《せかいいち》の天才少年《てんさいしょうねん》〉の光一《こういち》なら、いいアドバイスとかあるよね？」

……なんでそうなるんだ。

光一《こういち》は、二人《ふたり》のきらきらとした視線《しせん》を無視《むし》して、読《よ》みかけの本《ほん》に目《め》を落《お》とした。

「管轄外《かんかつがい》だ。おれには関係《かんけい》ない」

「えーっ、なにそれ。なんかすごいマル秘技《ひわざ》とかあると思《おも》ったのに」

「あーあ。告白以外《こくはくいがい》、光一《こういち》が全部解決《ぜんぶかいけつ》しちゃったよぉ……天才《てんさい》への敗北《はいぼく》……パタリ」

健太《けんた》が、苦《くる》しそうに胸《むね》を押《お》さえながら、ばったりと床《ゆか》に倒《たお》れこむ。

これは、助《たす》けおこさなくてもいいよな？

「せめて、持《も》ってくるならもう少《すこ》し大《おお》きな事件《じけん》にしてくれ」

「でも、何《なに》がきっかけで大事件《だいじけん》になるか、わからないじゃん？　前《まえ》にテレビで見《み》たんだ。どっかで蝶《ちょう》が飛《と》んだら、別《べつ》のところでどっかーん！　って、タイヘンなことが起《お》きることがあるって」

「もしかして、バタフライ効果《こうか》のことか？」

「そうそう！　そんなやつ」

すみれが人差《ひとさ》し指《ゆび》を立《た》てると、すました顔《かお》で言《い》った。

これは、本当《ほんとう》はよくわかってない顔《かお》だな。

「ブラジルで蝶《ちょう》が羽《は》ばたく程度《ていど》の小《ちい》さな変化《へんか》でも、アメリカのテキサスで竜巻《たつまき》を引《ひ》きおこすかもしれない。小《ちい》さなことが原因《げんいん》で、大《おお》きな出来事《できごと》が起《お》きることがある、っていう有名《ゆうめい》な話《はなし》だな」

たしかに、小《ちい》さな何《なに》かが、予想《よそう》もしなかった大《おお》きなことに結《むす》びつく可能性《かのうせい》はある。

それにしたって、事件《じけん》には規模《きぼ》ってものがあるだろ。

「それより二人《ふたり》とも、昨日《きのう》の国語《こくご》の宿題《しゅくだい》やったのか？」

「げっ、忘《わす》れてた！」

すみれが、リュックからばたばたと宿題《しゅくだい》を取《と》りだす。健太《けんた》も、あわてて自分《じぶん》の席《せき》に戻《もど》った。

少《すこ》し辺《あた》りが静《しず》かになって、光一《こういち》は、読《よ》みかけの本《ほん》をぱらぱらとめくる。

『あなたも狙《ねら》われている！　詐欺《さぎ》にだまされないための予備知識《よびちしき》』。

残《のこ》りは、ちょうど100ページだ。

読《よ》みおわったら、図書館《としょかん》に新《あたら》しい本《ほん》を借《か》りに行《い》こう。

「ねえ、光一《こういち》。宿題《しゅくだい》なんだけど」

「だめだ」

「何《なん》で!?　っていうか、まだ何《なに》も言《い》ってないんだけど！」

「どうせ、写《うつ》させてほしいっていうんだろ。すみれが国語《こくご》の宿題《しゅくだい》で満点《まんてん》なんて取《と》ったら、おれのを写《うつ》したって、すぐに福永先生《ふくながせんせい》にバレる。おれも怒《おこ》られるからいやだ」

「光一《こういち》のケチ」

すみれは、しぶしぶ国語《こくご》のプリントに向《む》きなおる。問題《もんだい》をじっと見《み》つめたものの、一、二問解《もんと》いたところで、すぐにぽいっと鉛筆《えんぴつ》を放《ほう》りなげた。

「あーあ。学校行事《がっこうぎょうじ》も、しばらくパッとしたのってないし。つまんない。早《はや》く、光一《こういち》も困《こま》るくらいの大事件《だいじけん》とか起《お》きてくれないかな」

「なんで、おれが困《こま》らないといけないんだ!?」

「だって、それくらいじゃないと、宿題《しゅくだい》もなくならないでしょ？　あ、クリス！」

「二人《ふたり》とも、そんなに騒《さわ》いで……どうかしたの？」

ぼそぼそとした、消《き》えいりそうな小《ちい》さな声《こえ》が、隣《となり》の席《せき》から聞《き》こえた。

光一《こういち》は、本《ほん》から目《め》を上《あ》げる。イスを引《ひ》きながら、クリスが、かわいらしく小首《こくび》をかしげていた。

世界一《せかいいち》クラブのメンバーの一人《ひとり》。

今月転校《こんげつてんこう》してきたばかりの、日野《ひの》クリス。

小学生美少女《しょうがくせいびしょうじょ》コンテストの世界大会《せかいたいかい》で優勝《ゆうしょう》した、〈世界一《せかいいち》の美少女《びしょうじょ》〉だ。

祖父《そふ》がイギリス人《じん》のクリスは、背《せ》が高《たか》くて、スタイルもいい。立《た》っているだけで、勝手《かって》に人《ひと》が集《あつ》まってくるくらい存在感《そんざいかん》がある。

けれど、本当《ほんとう》は極度《きょくど》のはずかしがりや。いつもは存在感《そんざいかん》を消《け》す、謎《なぞ》のピンクの縁眼鏡《ふちめがね》で、しっかりと顔《かお》をかくしている。

演技《えんぎ》モードに入《はい》ると、雰囲気《ふんいき》も口調《くちょう》もがらりと変《か》わって、まるで別人《べつじん》みたいになるんだけど。

クラスには、まだなじんでる途中《とちゅう》だけど、すみれや健太《けんた》とはすっかり仲《なか》がいい。二人《ふたり》に押《お》しきられて、もう呼《よ》びすてで名前《なまえ》を呼《よ》ぶようになったくらいだ。

「おれは、騒《さわ》いでない。すみれが、また何《なに》か事件《じけん》が起《お》きないかって言《い》ってるだけだ」

「そ、そう……」

光一《こういち》の解説《かいせつ》に、クリスは苦笑《にがわら》いを浮《う》かべる。封筒《ふうとう》を机《つくえ》の上《うえ》に置《お》いて、小《ちい》さくため息《いき》をついた。

机《つくえ》から顔《かお》を上《あ》げて、健太《けんた》が首《くび》をかしげる。

「あれ？　クリスちゃん、福永先生《ふくながせんせい》にプリント出《だ》しに行《い》ったんじゃなかったっけ？」

「そのつもりだったんだけど、戻《もど》ってきたの……職員室《しょくいんしつ》の窓《まど》から、テレビ局《きょく》の車《くるま》が見《み》えたから」

テレビ局《きょく》？　学校《がっこう》に？

「えっ！」

「テテテっ、テレビ局《きょく》!?」

光一《こういち》がたずねる前《まえ》に、ガタン！　とイスを鳴《な》らしながら、健太《けんた》とすみれがクリスに飛《と》びつく。

教室《きょうしつ》に残《のこ》っていたクラスメイトの視線《しせん》が、ぱっとクリスに注《そそ》がれた。

クリスの顔《かお》が、みるみるうちに真《ま》っ赤《か》になっていく。

「どんなカンジだったの？　芸能人《げいのうじん》とかいた!?」

「もっ、もしかして、ドラマの撮影《さつえい》とかかな!?」

「さ、さあ。すぐに帰《かえ》ってきたから……」

「クリス、案内《あんない》してっ！」

すみれは、クリスの手《て》をぎゅっとつかむ。教室《きょうしつ》の後《うし》ろのドアへ向《む》かって、勢《いきお》いよく走《はし》りだした。

「ええっ!?　わたしは、テレビには、近《ちか》づきたく……ないしっ」

「だいじょうぶだよ！　今《いま》は、眼鏡《めがね》だってしてるんだしさ」

宿題《しゅくだい》を放《ほう》りだして、健太《けんた》が二人《ふたり》の後《あと》に続《つづ》く。教室《きょうしつ》を出《で》る前《まえ》に、くるりと光一《こういち》を振《ふ》りかえった。

「ほら、光一《こういち》も行《い》こうよ！」

「おれは、別《べつ》に――」

「テレビ局《きょく》が来《き》てるんだから、もしかしたら、大事件《だいじけん》かもしれないよ！」

事件《じけん》、か。

ちらっと、手元《てもと》の本《ほん》に視線《しせん》を向《む》ける。

本当《ほんとう》は、これを読《よ》みおえるつもりだったんだけど……。

たしかに、待《ま》ってるだけじゃ事件《じけん》はやってこないもんな。

「今《いま》、行《い》く」

光一《こういち》は、本《ほん》を引《ひ》きだしにしまうと、教室《きょうしつ》の外《そと》へと走《はし》りだしたのだった。

3 テレビ取材《しゅざい》は挑戦状《ちょうせんじょう》!?

一階《かい》にはすでに、噂《うわさ》を聞《き》きつけたいろんな学年《がくねん》の子《こ》どもたちが、大勢《おおぜい》集《あつ》まっていた。

みんな、わいわいと、興奮気味《こうふんぎみ》に口々《くちぐち》におしゃべりをしている。

テレビ局《きょく》のスタッフがいるのか、職員室《しょくいんしつ》の入《い》り口《ぐち》あたりはぎゅうぎゅうで、人《ひと》が通《とお》るすき間《ま》もない。

これじゃあ、様子《ようす》を見《み》ようにも近《ちか》づけないな。

後《うし》ろから走《はし》りこんできた男子《だんし》をよけながら、光一《こういち》は頭《あたま》をかいた。

「ねえ。奥《おく》、どうなってるの!?」

小柄《こがら》なすみれが、人《ひと》ごみの最後尾《さいこうび》で、ぴょんぴょんと跳《と》びはねる。

「うーん、ここからじゃ全然《ぜんぜん》見《み》えないんだけど。そこのくつ箱《ばこ》に登《のぼ》ってもいい？」

「絶対《ぜったい》だめだ」

「その……あきらめて教室《きょうしつ》に戻《もど》るとか……」

クリスがおろおろと辺《あた》りを見《み》まわしながら、つぶやく。人《ひと》ごみにもまれていた健太《けんた》が、ぱっとクリスに向《む》かってつめよった。

「その間《あいだ》に、テレビ局《きょく》の人《ひと》が帰《かえ》っちゃったら、映《うつ》れないよ〜！」

……健太《けんた》、そんなにテレビに映《うつ》りたいのか？

しょうがないな。

光一《こういち》は、昇降口《しょうこうぐち》に向《む》かうと、自分《じぶん》のくつ箱《ばこ》を開《あ》ける。追《お》いかけてきたすみれが、首《くび》をかしげた。

「えっ、外《そと》に行《い》くの？」

「廊下《ろうか》からは無理《むり》でも、外《そと》からならまだ見《み》られるかもしれないだろ」

「なるほど！」

健太《けんた》とすみれが、ぱっと顔《かお》を輝《かがや》かせてくつをはきかえはじめる。

光一《こういち》は、先《さき》に外《そと》へ出《で》ると、職員室《しょくいんしつ》に目《め》を向《む》けた。同《おな》じように外《そと》に出《で》ている子《こ》どもは、みんな、職員室《しょくいんしつ》の中《なか》をのぞこうと、窓《まど》に群《むら》がっている。

そっちは、後《あと》で確認《かくにん》するとして。

職員用《しょくいんよう》の玄関前《げんかんまえ》にある、テレビ局《きょく》のものらしい車《くるま》に目《め》をこらす。

あまり特徴《とくちょう》のない、業務用《ぎょうむよう》のバン。

目立《めだ》たないグレーの色《いろ》が、学校《がっこう》の中《なか》では逆《ぎゃく》に浮《う》いて見《み》える。

車《くるま》の後部《こうぶ》にあるドアがはねあげられて、トランクがむき出《だ》しになっていた。中《なか》には、数台《すうだい》のカメラ以外《いがい》にも、大《おお》きなマイクや工具箱《こうぐばこ》が積《つ》みこまれている。

けっこう、大掛《おおが》かりだな。

「もしかして……ニュースとかワイドショーの撮影《さつえい》かしら」

追《お》いついてきたクリスが、停《と》まっている車《くるま》の荷台《にだい》を、すっと指《ゆび》さした。

「何《なん》で、そう思《おも》うんだ？」

「えっと……撮影用《さつえいよう》の機材《きざい》はたくさんあるけど、スタッフの人《ひと》は少《すく》なそうだもの。ドラマや映画《えいが》だったら、監督《かんとく》さんとかタレントさんとか、たくさん人《ひと》がいるものだから」

「たしかに、あの車《くるま》は乗《の》れても五、六人《にん》ってかんじだね。荷物《にもつ》もたくさんあるし」

健太《けんた》が、両手《りょうて》で双眼鏡《そうがんきょう》みたいに丸《まる》を作《つく》って、車《くるま》を観察《かんさつ》しながら言《い》った。

「それに、メイク道具《どうぐ》ものってないみたいだから……」

「さすが、そういうのにくわしいんだな」

〈世界一《せかいいち》の美少女《びしょうじょ》〉の名《な》は、だてじゃないってことか。

光一《こういち》が、感心《かんしん》したようにうなずくと、クリスはうつむきながら、肩《かた》を小《ちい》さくした。

「その……ときどき、ファッション雑誌《ざっし》の撮影《さつえい》とか、テレビ局《きょく》に行《い》くこともあるから……」

「いいな～。あたしも、モデルとかしてみたい！」

クリスの横《よこ》で、すみれがぐっと拳《こぶし》をにぎった。

「ポーズを決《き》めるのとか、カッコいいし。かわいい洋服《ようふく》も、たくさん着《き》られるんでしょ？」

……すみれがモデル？　どっちかっていうと、格闘雑誌《かくとうざっし》の表紙《ひょうし》って感《かん》じだな。

とにかく、これ以上《いじょう》は聞《き》いてみるしかないか。

光一《こういち》は、車《くるま》のそばに立《た》つスタッフに目《め》を留《と》める。じゃまにならないように、静《しず》かに近《ちか》づいた。

「すみません。何《なん》の撮影《さつえい》ですか？」

「え？　ワイドショーだよ。三《み》ツ谷小《やしょう》を取材《しゅざい》して、特番《とくばん》を作《つく》るんだ」

スタッフの男《おとこ》の人《ひと》が、首《くび》にかけたタオルで汗《あせ》をふきながら答《こた》える。

ぱっと見《み》た感《かん》じは、ひょろっとしている。けれど力《ちから》はあるのか、かけ声《ごえ》をかけながら、重《おも》たそうな箱《はこ》を軽々《かるがる》と持《も》ちあげた。

「来週《らいしゅう》から、ここの児童会選挙《じどうかいせんきょ》に密着《みっちゃく》するんだ」

「児童会選挙《じどうかいせんきょ》？」

予想外《よそうがい》の返事《へんじ》に、思《おも》わずくりかえす。すみれが、クリスと顔《かお》を見《み》あわせながら、ぱちぱちと目《め》をまばたかせた。

「そういえば、そんなのあったっけ。興味《きょうみ》ないから、すっかり忘《わす》れてたけど」

「そそそ、それ、本当《ほんとう》ですか⁉」

後《うし》ろで聞《き》いていた健太《けんた》が、撮影《さつえい》スタッフに向《む》かって、目《め》をらんらんと輝《かがや》かせる。スタッフの男《おとこ》の人《ひと》は、面食《めんく》らったように、一歩後《いっぽうし》ろへ下《さ》がった。

「えっ、ああ。うちのチームを指揮《しき》してるキャスターが、取材《しゅざい》の企画《きかく》を立《た》てたんだ。今《いま》、先生《せんせい》たちと日程《にってい》とか、細《こま》かいことを調整《ちょうせい》してるはずだよ」

「やったあ！」

スタッフの言葉《ことば》に、健太《けんた》が、思《おも》いっきりジャンプする。はしゃぎすぎたのか、見事《みごと》に着地《ちゃくち》に失敗《しっぱい》して、どしんとしりもちをついた。

い、いったいなんなんだ⁉

健太《けんた》は不気味《ぶきみ》に笑《わら》いながら立《た》ちあがる。突然《とつぜん》、歌舞伎《かぶき》みたいにきりっとした顔《かお》で見得《みえ》を切《き》った。

……すぐ、にやけた顔《かお》に戻《もど》ってるけど。

「ぼく、選挙《せんきょ》に立候補《りっこうほ》する！」

「えっ、健太《けんた》が!?」

本気《ほんき》か……!?

光一《こういち》とすみれ、クリスは、思《おも》わず口《くち》をそろえる。三人《にん》に向《む》かって、健太《けんた》はどんと胸《むね》をはった。

「だってほら、児童会《じどうかい》って行事《ぎょうじ》の準備《じゅんび》をしたり、集会《しゅうかい》を進行《しんこう》したりして、学校《がっこう》を楽《たの》しく盛《も》りあげるための活動《かつどう》をするんでしょ？　考《かんが》えてみたら、ぼくにぴったりじゃない!?」

どこから出《だ》したのか、健太《けんた》が紙吹雪《かみふぶき》をまきながら、くるりと回《まわ》る。難《むずか》しい顔《かお》をしながら、すみれが声《こえ》をひそめた。

「……ねえ、光一《こういち》。児童会《じどうかい》って、そういうもんだっけ？」

「まあ、間違《まちが》ってはないと思《おも》うけど……」

「そうだ！　光一《こういち》もいっしょに立候補《りっこうほ》しない？」

健太《けんた》が、ぐいと光一《こういち》の前《まえ》に回《まわ》りこむ。いつになく真剣《しんけん》な目《め》つきで、つめよった。

「ぼくは、副会長《ふくかいちょう》に立候補《りっこうほ》するから、光一《こういち》が会長《かいちょう》で！」

「はあ!?　なんでおれが」

「ほら、光一《こういち》がいっしょにやってくれたら、心強《こころづよ》いしさあ！　クラスのみんなも絶対応援《ぜったいおうえん》してくれると思《おも》うし。それに、テレビに映《うつ》れるから、すごい目立《めだ》てるよ！」

やっぱり、それが本音《ほんね》か。

「健太《けんた》には悪《わる》いけど、遠慮《えんりょ》しとく。クリスほどじゃないけど、おれも目立《めだ》ちたいとは思《おも》ってないし。それに、今年《ことし》も図書委員《としょいいん》をやるつもりだから」

「そんなあ～！　光一《こういち》といっしょに出《で》たら、絶対当選《ぜったいとうせん》できると思《おも》ったのに……」

健太《けんた》が、へなへなと地面《じめん》にへたりこむ。光一《こういち》は、左腕《ひだりうで》の時計《とけい》をちらっとのぞきみた。

そろそろ、昼休《ひるやす》みが終《お》わるな。

気《き》がつくと、職員室《しょくいんしつ》に群《むら》がっていた人影《ひとかげ》も、少《すこ》しずつ数《かず》が減《へ》っている。

「おれたちも、そろそろ戻《もど》って――」

「ちょっと、細谷《ほそや》くん！」

突然《とつぜん》、力強《ちからづよ》い声《こえ》が響《ひび》いて、思《おも》わず振《ふ》りかえる。

職員用《しょくいんよう》の玄関《げんかん》から、機材《きざい》を持《も》った大人《おとな》たち数人《すうにん》が出《で》てくる。その先頭《せんとう》に立《た》っていた女《おんな》の人《ひと》が、こちらへ向《む》かって歩《ある》いてきていた。

肩《かた》よりも長《なが》いロングヘア。明《あか》るいベージュのスーツが、モデル体形《たいけい》によく似合《にあ》っている。

この人《ひと》が、企画《きかく》を立《た》てたキャスターか。けっこう、きれいな人《ひと》だな。

キャスターの女性《じょせい》は、車《くるま》の横《よこ》まで来《く》ると、中《なか》に残《のこ》った機材《きざい》をてきぱきと数《かぞ》えた。

「荷物《にもつ》の運《はこ》びこみ、進《すす》んでる？　先生方《せんせいがた》には、バッチリ許可《きょか》もらってるから、二階《かい》の家庭科準備《かていかじゅんび》室《しつ》にバンバン運《はこ》んじゃって……」

くるりと振《ふ》りかえったキャスターと、一瞬目《いっしゅんめ》が合《あ》う。キャスターは、はっとほおに手《て》を当《あ》てると、突然声《とつぜんこえ》を上《あ》げた。

「ああ、きみ！」

な、何《なん》だ!?

突然《とつぜん》の絶叫《ぜっきょう》に、光一《こういち》はとっさに耳《みみ》をふさぐ。目《め》の前《まえ》で、カメラのレンズがきらりと光《ひか》った。

え。これって。

カシャッ　カシャッカシャッ
もしかして……おれが、撮《と》られてる!?

「実物《じつぶつ》のほうが、断然《だんぜん》イケメンじゃない。これは、絶対《ぜったい》カメラ映《ば》えするわ！」

光一《こういち》にカメラを向《む》けていたキャスターが、興奮《こうふん》しながら、ダメ押《お》しのシャッターを切《き》る。

あわてて、光一《こういち》はカメラのレンズを手《て》でふさいだ。

「人《ひと》の肖像権《しょうぞうけん》を勝手《かって》に侵害《しんがい》しないでください！」

「肖像権《しょうぞうけん》なんて、小学生《しょうがくせい》なのに弁護士《べんごし》みたい！　さすが〈世界一《せかいいち》の天才少年《てんさいしょうねん》〉ね。安心《あんしん》して、光《こう》一《いち》くん。これは、わたしの私物《しぶつ》のカメラだから！」

私物《しぶつ》でもだめだろ！　って、なんでおれのことを⁉

みんな、突然《とつぜん》の展開《てんかい》にびっくりして固《かた》まっている。キャスターが、ぐいと光一《こういち》の肩《かた》をつかんだ。

「徳川光一《とくがわこういち》くんよね。やっと本物《はんもの》に会《あ》えたわ！　わたしの名前《なまえ》は、浅見《あさみ》カオル。自分《じぶん》で言《い》うのもなんだけど、今《いま》イチバン勢《いきお》いのあるニュースキャスターよ」

にっこりと笑《わら》った顔《かお》には、妙《みょう》に威圧感《いあつかん》がある。演技《えんぎ》してるときの、クリスみたいだ。

浅見《あさみ》は、ぐっと声《こえ》をひそめると、光一《こういち》の耳元《みみもと》に向《む》かってささやいた。

「徳川光一《とくがわこういち》くん。じつはわたし、きみの秘密を知《し》ってるの」

「おれの秘密《ひみつ》？」

「一週間前《しゅうかんまえ》に、三ツ谷小《みつやしょう》で『脱獄犯立《だつごくはんた》てこもり事件《じけん》』があったでしょう？　そのとき、わたしもこの現場《げんば》に来《き》ていた――ここまで言《い》えば、光一《こういち》くんならもうわかるわよね？」

それって――まさか。

世界一《せかいいち》クラブのことか⁉

光一《こういち》は、ばっと目《め》を見開《みひら》く。浅見《あさみ》が、自信満々《じしんまんまん》の笑《え》みを浮《う》かべて、光一《こういち》を見下《みお》ろしていた。

「あの事件《じけん》を解決《かいけつ》したのは、本当《ほんとう》は警察《けいさつ》じゃない。光一《こういち》くん、あなただってことをわたしは知《し》ってるわ。他《ほか》に何人《なんにん》の仲間《なかま》がいるのかは、まだ知《し》らないけどね」

浅見《あさみ》の言葉《ことば》に光一《こういち》は、肩《かた》をすくめた。

のまれたら、負《ま》けだ。

なんとか心《こころ》を落《お》ちつけると、信《しん》じられないというように、息《いき》をのむ。

「何《なん》のことですか？　おれには、さっぱり意味《いみ》がわかりません」

「さすがに、ポーカーフェイスなのね。でも、そうしていられるのも今《いま》だけよ。この密着取材《みっちゃくしゅざい》で、わたしがあなたたちの正体《しょうたい》を暴《あば》いてあげる！」

浅見《あさみ》は、懐《ふところ》から黒《くろ》い手帳《てちょう》を取《と》りだす。光一《こういち》に向《む》かって、それを勢《いきお》いよく突《つ》きつけた。

「わたしが、あなたを特大《とくだい》スクープにしてあげるわ。覚悟《かくご》してね、光一《こういち》くん」

みんなの注目《ちゅうもく》を浴《あ》びて、光一《こういち》の背《せ》にひやりと嫌《いや》な汗《あせ》が流《なが》れる。

後《うし》ろから、健太《けんた》が首《くび》をかしげながら、光一《こういち》の肩《かた》をトントンと叩《たた》いた。

「光一《こういち》のことをスクープにするって……もしかして、光一《こういち》も選挙《せんきょ》に出《で》るの？」

「いや――」

浅見《あさみ》の宣戦布告《せんせんふこく》は、健太《けんた》にはよく聞《き》こえていなかったらしい。

光一《こういち》は、説明《せつめい》しかけて、はっと口《くち》をつぐむ。

ここでさっきの話《はなし》をするわけにはいかない。それじゃあ、自白《じはく》と同《おな》じだ。

「浅見《あさみ》さん！　ここにいらしたんですか。さっそく、学校《がっこう》の中《なか》を案内《あんない》しますよ」

ざわざわと、人《ひと》がうごめいたかと思《おも》うと、担任《たんにん》の福永先生《ふくながせんせい》が玄関《げんかん》から小走《こばし》りにやってくる。健《けん》太《た》が、ぱっと笑顔《えがお》になると、福永先生《ふくながせんせい》に向《む》かって駆《か》けだした。

あっ。

「健太《けんた》、ちょっと待《ま》――」

「お、徳川《とくがわ》。やじ馬《うま》に来《き》たのか？　めずらしいな。八木《やぎ》は納得《なっとく》だが」

「福永先生《ふくながせんせい》！　ぼくは、選挙《せんきょ》に立候補《りっこうほ》します。がんばるから、応援《おうえん》してください！」

「八木《やぎ》が？　えらく突然《とつぜん》だな。だが、やる気《き》があるのはいいことだ。もちろん、応援《おうえん》するぞ」

福永先生《ふくながせんせい》は、一生懸命《いっしょうけんめい》手《て》を上《あ》げる健太《けんた》の肩《かた》に、ぽんと手《て》を置《お》く。

浅見《あさみ》が、目《め》を細《ほそ》めてニヤリと笑《わら》った。

「あら。それじゃあ、わたしは健太《けんた》くんにも密着取材《みっちゃくしゅざい》しなきゃね！」

「えええ、本当《ほんとう》に!?　やったあ!!」

マズい。

健太《けんた》が一人《ひとり》で密着取材《みっちゃくしゅざい》なんてされたら、絶対《ぜったい》にボロが出《で》る。

ただでさえ、普通《ふつう》の状態《じょうたい》でも風早《かぜはや》の秘密《ひみつ》をしゃべりそうなのに。

どうする!?

「光一《こういち》、どうかしたの?」

考《かんが》えこんだ光一《こういち》の顔《かお》を、健太《けんた》がきょとんとのぞきこむ。光一《こういち》は、ぐっとくちびるを結《むす》んだ。

浅見《あさみ》さんは、児童会選挙《じどうかいせんきょ》の取材《しゅざい》という建前《たてまえ》で、おれたちのことを探《さぐ》りにきてる。簡単《かんたん》には、追《お》いかえせせない。

——だったら、選択肢《せんたくし》は一つだ。

「福永先生《ふくながせんせい》」

立《た》ちさろうとする福永先生《ふくながせんせい》の前《まえ》に回《まわ》りこむ。奥《おく》にいる浅見《あさみ》をにらみながら、はっきりと言《い》った。

「おれも児童会選挙《じどうかいせんきょ》に、会長《かいちょう》に立候補《りっこうほ》します。健太《けんた》といっしょに」

「お、そうか! それなら、八木《やぎ》も心強《こころづよ》いだろ。二人《ふたり》でがんばれよ」

「ふふっ、取材《しゅざい》がさらに楽《たの》しみになりました!」

浅見《あさみ》は満足《まんぞく》そうに笑《わら》うと、光一《こういち》に向《む》かって名刺《めいし》を差《さ》しだした。

「それじゃあ、これから十日間《とおかかん》。がんばってね、光一《こういち》くん」

光一《こういち》が、黙《だま》ったままそれを受《う》けとると、浅見《あさみ》は福永先生《ふくながせんせい》とともに、校舎《こうしゃ》へ戻《もど》っていく。

浅見《あさみ》を警戒《けいかい》したのか、いつの間《ま》にかクリスは昇《しょう》降口《こうぐち》に舞《ま》いもどっている。すぐ後《うし》ろに立《た》っていたすみれが、こっそりと、光一《こういち》に耳打《みみう》ちした。

「あたしには、少《すこ》し聞《き》こえたんだけど……光一《こういち》、だいじょうぶなの？」

「……このまま、勝手《かって》に探《さぐ》られるとマズい」

立候補《りっこうほ》したほうが、見《み》てないところで変《へん》に調《しら》べられるより、こっちも目《め》を光《ひか》らせやすい。

あの人《ひと》の思《おも》うつぼかもしれないけど。

この勝負《しょうぶ》、受《う》けてたつしかない。

――世界一《せかいいち》クラブの秘密《ひみつ》は、絶対《ぜったい》に守《まも》りきる。

光一《こういち》は名刺《めいし》をポケットにいれると、だれにも見《み》えないように、拳《こぶし》をぎゅっとにぎりしめた。

4 登校中《とうこうちゅう》は秘密《ひみつ》がいっぱい

……眠《ねむ》い。

「まさか、こんな朝早《あさはや》くに学校《がっこう》に行《い》くことになるなんてな……」

光一《こういち》は、くつをはきながら、大《おお》きくあくびをした。

まだ朝《あさ》の七時《じ》。いつも家《いえ》を出《で》るより、一時間以上早《じかんいじょうはや》い。

選挙活動《せんきょかつどう》は、今日《きょう》から来週《らいしゅう》の月曜《げつよう》までの一週間《しゅうかん》もある。

毎日早起《まいにちはやお》きをするのは、ちょっと憂鬱《ゆううつ》だな。

いってきますと声《こえ》をかけて、玄関《げんかん》を出《で》る。家《いえ》の門扉《もんぴ》を開《あ》けると、すぐに明《あか》るい声《こえ》が聞《き》こえた。

「おはよう！　光一《こういち》。今日《きょう》は早《はや》いじゃん。まだ寝《ね》てたら、叩《たた》き起《お》こしてあげようと思《おも》ってたのに」

すみれが、隣《となり》にある家《いえ》の玄関《げんかん》から、元気《げんき》よく走《はし》ってくる。

それは、ちゃっかりうちの朝食《ちょうしょく》を食《た》べるのが目的《もくてき》なんじゃないか？　まあ、母《かあ》さんの料理《りょうり》はたしかにうまいけど。

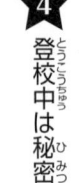

「今日《きょう》から、朝《あさ》のあいさつ運動《うんどう》があるからな。早《はや》く出《で》ないと間《ま》に合《あ》わないだろ」

「でも、起《お》きる時間《じかん》がずれると、いつも寝《ね》るタイミングと、ずれちゃうんじゃない？」

「昨日《きのう》のうちに予定《よてい》は立《た》てておいたから、別《べつ》に問題《もんだい》ない」

光一《こういち》は、渋《しぶ》い顔《かお》で、ちらりと左腕《ひだりうで》の時計《とけい》を見《み》る。

三時間《じかん》に一度《ど》、最低《さいてい》でも五分《ふん》は必《かなら》ず眠《ねむ》ってしまう。

それが、おれ、徳川光一《とくがわこういち》の体質《たいしつ》だ。

人《ひと》がたくさんいるところでも、運動《うんどう》をしているときでも、うそみたいにぱったりと眠《ねむ》ってしまう。だから、大変《たいへん》なことにならないように、おれは毎日自主的《まいにちじしゅてき》に睡眠《すいみん》をとって、寝《ね》るタイミングを調節《ちょうせつ》してる。

最初《さいしょ》はめんどうだったけど、慣《な》れてしまえばなんとかなる。

……すみれや健太《けんた》だったら、授業中《じゅぎょうちゅう》に毎日《まいにち》、爆睡《ばくすい》することになると思《おも》うけど。

光一《こういち》は、バッグを持《も》ちなおすと学校《がっこう》へ歩《ある》きだす。早足《はやあし》で続《つづ》いたすみれが、そのバッグから、長《なが》い筒《つつ》を、すぽっと引《ひ》っこぬいた。

「これ、選挙用《せんきょよう》のポスター？　って、ああっ！　せっかくあたしが貸《か》してあげた写真《しゃしん》、使《つか》ってないじゃん！」

「当《あ》たり前《まえ》だ！」

土日《どにち》の間《あいだ》に、光一《こういち》は家《いえ》で選挙用《せんきょよう》のポスターを作《つく》った。

すみれが「これとかいいんじゃない？」と、家《いえ》に持《も》ってきたポスター写真《しゃしん》の候補《こうほ》を思《おも》いだすと、頭《あたま》が痛《いた》くなる。

つきあいが長《なが》いだけあって、すみれのアルバムには、絶対《ぜったい》に見《み》られたくない幼《おさな》いころの写真《しゃしん》が、ちらほら入《はい》っているのだ。

「観覧車《かんらんしゃ》で爆睡《ばくすい》してる写真《しゃしん》とか、すみれに柔道《じゅうどう》の試合《しあい》で負《ま》けてる写真《しゃしん》とか、使《つか》うわけないだろ」

「えーっ、いいと思《おも》ったんだけど！　だって、選挙《せんきょ》って親《した》しみやすさが大切《たいせつ》なんでしょ？」

親《した》しみやすさと、失態《しったい》は違《ちが》うだろ。

光一《こういち》は、はあっとため息《いき》をつく。

そのうち、あの変《へん》な写真《しゃしん》の山《やま》は、なんとかして取《と》りあげないとな。

「選挙運動《せんきょうんどう》の準備《じゅんび》は、だいたいできてる。そんなことより、問題《もんだい》はこっちだな」

光一《こういち》は、ポケットから先週《せんしゅう》もらった浅見《あさみ》の名刺《めいし》を取《と》りだす。日《ひ》にかざして、しげしげと眺《なが》めた。

『おおぞらTV《テレビ》　ワイドショー『よるどき！　タイムズ』メインキャスター　浅見《あさみ》カオル』

裏《うら》には、なぜかプライベートの携帯番号《けいたいばんごう》と、サインまで書《か》いてある。

「そういえば、あたしももらったよ。芸能人《げいのうじん》の名刺《めいし》なんて、初《はじ》めてもらっちゃった！　それにしても、まさかあの有名《ゆうめい》な浅見《あさみ》さんが、あたしたちのことを探《さぐ》りにくるなんてね」

すみれが、光一《こういち》のもらった名刺《めいし》をのぞきこみながら言《い》った。

「でも、何《なん》で、バレちゃったんだろ？」

「事件《じけん》のときに、取材《しゅざい》に来《き》てたらしいから、姿《すがた》でも見《み》られたのかもしれないな。いちおう、本当《ほんとう》に〈勢《いきお》いのあるキャスター〉みたいだし」

光一《こういち》は、名刺《めいし》をポケットにしまうと、スマホを取《と》りだす。土日《どにち》の間《あいだ》に、浅見《あさみ》について調《しら》べた情《じょう》報《ほう》を呼《よ》びだした。

画面《がめん》の中《なか》で、明《あか》るいグリーンのスーツ姿《すがた》の浅見《あさみ》が、さわやかに笑《わら》っている。

プロフィールがのったサイトには、今《いま》までものにしたスクープが、ずらりと輝《かがや》いていた。

「そりゃそうだよ。高校生《こうこうせい》のころはモデルをやってたくらい、めっちゃきれいだし。トークがおもしろいから、夜《よる》のバラエティ番組《ばんぐみ》にも最近《さいきん》よく出《で》てるよ。あとは、ドラマとか」

「意外《いがい》と、多才《たさい》なんだな」

光一《こういち》に物《もの》を教《おし》えるのがうれしいのか、すみれは、えっへんと胸《むね》をはる。

「それに、あの人《ひと》が取材《しゅざい》したことは、けっこうすごい事件《じけん》になっちゃうの。街中《まちなか》の公園《こうえん》に人知《ひとし》れず潜《ひそ》んでた巨大《きょだい》ワニを発見《はっけん》しちゃったり、芸能人《げいのうじん》のあとを追《お》ってて、ある知事《ちじ》のえっと……シュウマイ事件《じけん》を暴《あば》いちゃったり！」

「それを言《い》うなら、収賄《しゅうわい》だろ」

その事件《じけん》は、ニュースで見《み》た覚《おぼ》えがある。発端《ほったん》の記者《きしゃ》の名前《なまえ》は伏《ふ》せられていたけど、かなり大《おお》きな事件《じけん》で、たくさんのマスコミが追《お》っかけ報道《ほうどう》をしたはずだ。

ぱっと見《み》は、テンションが高《たか》くて、ちょっと抜《ぬ》けてみえるけど……手《て》ごわいのかもな。

すみれは、ポスターを適当《てきとう》にくるくると丸《まる》める。無理《むり》やり、光一《こういち》のバッグにつっこんだ。

「でも、本当《ほんとう》に選挙《せんきょ》に立候補《りっこうほ》してだいじょうぶだったの？　あんなすごい人《ひと》に密着《みっちゃく》されちゃったら、いくら光一《こういち》でも危《あぶ》ないんじゃない？」

「おれが出《で》なくても、健太《けんた》は密着取材《みっちゃくしゅざい》される。健太《けんた》が、一人《ひとり》で秘密《ひみつ》をうっかりしゃべらないか、心配《しんぱい》だからな」

「だったら、健太《けんた》に、なんとか立候補《りっこうほ》をやめさせればよかったのに」

「せっかく健太《けんた》がやる気《き》なのに、そんなことするわけないだろ。それに、おれが引《ひ》きつけておけば、クリスと風早《かぜはや》は少《すく》なくとも安全《あんぜん》だし」

「……ふうん」

すみれが、突然足《とつぜんあし》を止《と》める。にやにやとした顔《かお》で、光一《こういち》を見上《みあ》げた。

「何《なん》だよ」

「べっつに！」

すみれは笑《わら》ったまま、ジャンプしながら数歩先《すうほさき》に出《で》る。リュックをがちゃがちゃと言《い》わせて、勢《いきお》いよく振《ふ》りむいた。

「でも、あたしはべつに、世界一《せかいいち》クラブの秘密《ひみつ》がバレてもいいけど？　超有名人《ちょうゆうめいじん》になれるし」

「絶対《ぜったい》にだめだ」

「えーっ、なんで!?」

「すみれが、風早警部《かぜはやけいぶ》につきっきりで怒《おこ》られてもいいなら、考《かんが》えるけど」

「げ～っ、それはパス！」

風早警部《かぜはやけいぶ》のことを思《おも》いだしたのか、すみれが険《けわ》しい顔《かお》をしながら目《め》の前《まえ》で手《て》をばってんにする。

和馬《かずま》の父親《ちちおや》である風早警部《かぜはやけいぶ》には、前回《ぜんかい》の事件《じけん》で、首《くび》を突《つ》っこまないように忠告《ちゅうこく》されている。

脱獄犯《だつごくはん》が占拠《せんきょ》した学校《がっこう》に入《はい》っていたなんて知《し》られたら、どんな雷《かみなり》が落《お》ちるかわからない。

「はーあ、今度《こんど》こそナゾのスーパー柔道《じゅうどう》ヒロインが取材《しゅざい》されると思《おも》ったのに」

「それは、早《はや》めにあきらめろ。それに、すみれや健太《けんた》はいいかもしれないけど、クリスや風早《かぜはや》にとっては、致命的《ちめいてき》だ」

「あ、そっか」

すみれが、納得《なっとく》したように、ぱんと手《て》をたたく。

「でも、事件《じけん》を解決《かいけつ》した一人《ひとり》だって知《し》られたら、クリスには名探偵役《めいたんていやく》のドラマのオファーがたくさん来《き》たりして。ちょっと見《み》たいかも！」

「本人《ほんにん》は、よろこばないだろ」

あのクリスなら、学校《がっこう》に来《こ》なくなる可能性《かのうせい》だってある。

すみれが、残念《ざんねん》そうに頭《あたま》を垂《た》れた。

「和馬《かずま》なんて、学校《がっこう》であたしたちと話《はな》さないくらい、ただでさえ目立《めだ》つのいやがってるもんね。秘密《ひみつ》がバレたら、大変《たいへん》か」

「……そうだな」

前回《ぜんかい》の事件《じけん》のとき、すみれも健太《けんた》も最初《さいしょ》から乗《の》り気《き》だった。

けど、クリスも風早《かぜはや》も、協力《きょうりょく》を頼《たの》んで仲間《なかま》に誘《さそ》ったのは、おれだ。

だから、二人《ふたり》の秘密《ひみつ》だけはおれが守《まも》らないと。

同《おな》じクラスの三人《にん》には直接《ちょくせつ》、風早《かざはや》にはくつ箱《ばこ》への置《お》き手紙《てがみ》で、宣戦布告《せんせんふこく》の内容《ないよう》は知《し》らせておいた。クリスと風早《かざはや》は、秘密《ひみつ》をもらすようなことはしないと思《おも》うけど……。

光一《こういち》は、目《め》の前《まえ》でのんきに鼻歌《はなうた》を歌《うた》うすみれを、心配《しんぱい》そうに見下《みお》ろした。

「なんだか、事件《じけん》らしくなってきたじゃん！」

すみれは、うれしそうにスキップをする。横断歩道《おうだんほどう》で、白線《はくせん》だけを踏《ふ》みながら、ぴょんぴょんと渡《わた》った。

「あたしが言《い》ったとおり、児童会選挙《じどうかいせんきょ》が密着取材《みっちゃくしゅざい》に！　えーっと、なんだっけ。光一《こういち》が前《まえ》に言《い》ってた、おいしそうな名前《なまえ》の……バターフライ効果《こうか》！」

「なんで、蝶《ちょう》が揚《あ》げバターになるんだよ」

「って、バターフライってホントにあるの!?」

「英語《えいご》では、ディープフライドバターって呼《よ》ばれるけどな。バターに衣《ころも》をつけて、油《あぶら》で揚《あ》げたアメリカのお菓子《かし》で、地上《ちじょう》で想像《そうぞう》できるなかで最悪《さいあく》の料理《りょうり》って……」

「今度《こんど》、久美《くみ》さんに頼《たの》んだら作《つく》ってくれるかな？」

すみれは、すでに話《はなし》を聞《き》いていないのか、じゅるりとよだれを垂《た》らしながら目《め》を輝《かがや》かせる。

そんなカロリーがヤバそうなもの、絶対《ぜったい》おれは食《た》べないからな。

「すみれも、浅見《あさみ》さんには狙《ねら》われてると思《おも》うから、注意《ちゅうい》しろよ」

光一《こういち》は、道路《どうろ》の先《さき》へ目《め》を向《む》ける。学校《がっこう》の校舎《こうしゃ》が、マンションの奥《おく》にのぞいていた。浅見《あさみ》が待《ま》ちうけていることを考《かんが》えると、ぐっと気《き》が重《おも》くなる。

「……とにかく、選挙《せんきょ》が終《お》わって浅見《あさみ》さんがいなくなるまで、風早《かぜはや》とクリスとは、あんまり話《はな》さないほうがいいかもな」

「だれだれ？　だれと、あんまり話《はな》さないの!?」

「え!?」

光一《こういち》とすみれは、ばっと振《ふ》りかえる。

目《め》に飛《と》びこんできたのは、大《おお》きな一眼《いちがん》レフカメラのレンズ。

瞬間《しゅんかん》、カシャッと音《おと》がしてシャッターが切《き》られた。

5 キケンなニュースキャスター

……やっと逃《に》げられた。

光一《こういち》はあいさつ運動《うんどう》で使《つか》ったたすきをかけたまま、教室《きょうしつ》に入《はい》った。どさりと、倒《たお》れるように自《じ》分《ぶん》の席《せき》に座《すわ》りこむ。

「おはよう、徳川《とくがわ》くん。朝《あさ》のあいさつ運動《うんどう》……おつかれさま」

クリスが、隣《となり》の席《せき》からおそるおそるあいさつする。光一《こういち》は、ため息《いき》をつきながら、机《つくえ》に寄《よ》りかかったままうなずいた。

「……ありがと」

「その、だいじょうぶ？　すごく疲《つか》れてるみたいだけど……」

「あいさつ運動《うんどう》は別《べつ》に問題《もんだい》なかったんだけど。登校中《とうこうちゅう》に待《ま》ちぶせしてた浅見《あさみ》さんに捕《つか》まって、学《がっ》校《こう》につくまで、ずっと質問《しつもん》攻《ぜ》めだったんだ……」

まさか、人《ひと》に追《お》いかけられるのが、こんなに疲《つか》れるなんて。

「質問攻《しつもんぜ》めって……いったい、どんなことを聞《き》かれたの？」

「おれの生《お》い立《た》ちから始《はじ》まって、得意《とくい》なこととか苦手《にがて》なこととか。眠《ねむ》らないといけない体質《たいしつ》のこととか。ついには、すみれにも質問《しつもん》しはじめるし……」

しかも、すみれがぽろぽろといらないことをしゃべるから、気《き》が休《やす》まらない。

別《べつ》に、おれの苦手《にがて》な食《た》べ物《もの》とか、失敗談《しっぱいだん》とかを話《はな》す必要《ひつよう》はないだろ!?

光一《こういち》は、うらめしそうに前《まえ》の席《せき》に座《すわ》るすみれに目《め》を向《む》ける。すみれは、あいさつ運動《うんどう》を終《お》えた健太《けんた》と並《なら》んで、一時間目《じかんめ》に提出《ていしゅつ》するプリントを、いつものように、にらみつけていた。

「えっと、その……人《ひと》に追《お》いかけられるのって、たいへんよね……」

クリスが、心底同情《しんそこどうじょう》するみたいにうなずく。

そうか、クリスはいつもこんな生活《せいかつ》を送《おく》ってるんだよな。

光一《こういち》は、クリスの横顔《よこがお》をじっと見《み》つめる。クリスのかけている、顔《かお》と存在感《そんざいかん》をかくすためのピンク縁《ぶち》の眼鏡《めがね》が、教室《きょうしつ》に射《さ》しこんだ朝日《あさひ》で、きらりと光《ひか》った。

今日《きょう》は、あの眼鏡《めがね》が欲《ほ》しくてたまらない気分《きぶん》だ。

クリスは、教科書《きょうかしょ》を出《だ》しながら、光一《こういち》に向《む》かって、励《はげ》ますようにかすかにうなずいた。

「……ほら、今《いま》から授業《じゅぎょう》だし。少《すく》なくとも、昼休《ひるやす》みまでは浅見《あさみ》さんも……」

「光一《こういち》くーん!!」

廊下《ろうか》から、甲高《かんだか》い声《こえ》がして、光一《こういち》はぎょっと机《つくえ》から顔《かお》を上《あ》げる。

教室《きょうしつ》の入《い》り口《ぐち》から、浅見《あさみ》が満面《まんめん》の笑《え》みで手《て》を振《ふ》っていた。その背後《はいご》には、カメラや大《おお》きなマイクを持《も》った撮影《さつえい》スタッフの姿《すがた》も見《み》える。

浅見《あさみ》は、教室《きょうしつ》の中《なか》にずかずかと入《はい》ってくると、ハンドマイクを光一《こういち》にさっと向《む》けた。

「なんで、浅見《あさみ》さんがここに!?」

「あら、わたし言《い》わなかったかしら。おじゃまにならない程度《ていど》に、授業風景《じゅぎょうふうけい》や休《やす》み時間《じかん》の様子《ようす》も、撮影《さつえい》するって。ちゃんと、福永先生《ふくながせんせい》の許可《きょか》はとってあるから!」

……そんなの、聞《き》いてないぞ!?

「ここが、光一《こういち》くんと健太《けんた》くんの、六年《ねん》一組《くみ》なのね。これからたくさん来《く》ると思《おも》うから、みんなよろしくね~」

浅見《あさみ》が、愛想《あいそ》よくクラスメイトに向《む》かって手《て》を振《ふ》る。光一《こういち》がちらりと横《よこ》を見《み》ると、さっきまで話《はな》していたクリスが、テレビカメラに映《うつ》らないように、小《ちい》さくなっていた。

浅見《あさみ》がすかさず、光一《こういち》の隣《となり》の席《せき》のクリスに、さっとマイクを向《む》ける。

「はじめまして！　浅見《あさみ》カオルです。隣《となり》の席《せき》のあなたから見《み》て、光一《こういち》くんってどう？」

「え、あ……あの……」

「あら？　あなた」

浅見《あさみ》が、眉間《みけん》にしわを寄《よ》せる。息《いき》がかかりそうなくらい、顔《かお》を近《ちか》づけた。

「何《なん》だかどこかで見《み》たことある気《き》がするんだけど。もしかして――」

マズい。

「浅見《あさみ》さん！」

光一《こういち》は、ひときわ大《おお》きな声《こえ》を上《あ》げる。クリスを見《み》つめていた浅見《あさみ》が、視線《しせん》を外《はず》して、ぱっと振《ふ》りむいた。

「ん？　何《なに》？　光一《こういち》くん」

「あの……おれにまだ質問《しつもん》したいことがあるんじゃないですか？」

「あら、いいの!?　さっきは、少《すこ》し疲《つか》れてたみたいだったから、遠慮《えんりょ》して切《き》りあげたんだけど。じゃあ、ホームルームが始《はじ》まるまでね！」

浅見《あさみ》は、クリスから光一《こういち》に向《む》きなおって、さっと懐《ふところ》から手帳《てちょう》を取《と》りだす。

そのすきに、クリスが一目散《いちもくさん》に廊下《ろうか》へ、ぱたぱたと逃《に》げだしていく。その姿《すがた》は、あっという間《ま》に階段《かいだん》へ見《み》えなくなった。

光一《こういち》は、内心《ないしん》で胸《むね》をなでおろす。

よかった。これでなんとかクリスの秘密《ひみつ》は――。

「それじゃあ、さっきの続《つづ》きから。光一《こういち》くんが一番苦手《いちばんにがて》なものって何《なに》？」

……それは、浅見《あさみ》さんかも。

ぐっと突《つ》きつけられたマイクに向《む》かって、光一《こういち》は、はあっとため息《いき》をついた。


いつもは、ヒマで長《なが》く感《かん》じるくらいなのに、午前中《ごぜんちゅう》の授業《じゅぎょう》はあっという間《ま》に終《お》わった。

急《いそ》いで給食《きゅうしょく》を食《た》べおえた光一《こういち》は、人目《ひとめ》を忍《しの》びながら、教室《きょうしつ》からきょろきょろと顔《かお》を出《だ》した。

まだ、食《た》べている途中《とちゅう》の子《こ》がほとんどだから、廊下《ろうか》に人《ひと》の姿《すがた》はない。

給食《きゅうしょく》の風景《ふうけい》を撮影《さつえい》しおわって、浅見《あさみ》さんたちはいったん戻《もど》っていったけど……。

こんなにうれしくない昼休《ひるやす》みは、生《う》まれて初《はじ》めてかもしれない。

「光一《こういち》、どうかしたの？」

給食《きゅうしょく》のプリンを食《た》べながら声《こえ》をかけてきた健太《けんた》に、光一《こういち》は人差《ひとさ》し指《ゆび》を口《くち》に当《あ》ててみせた。

「しっ。どうせ、また昼休《ひるやす》みを狙《ねら》って、浅見《あさみ》さんが尋問《じんもん》、いや、取材《しゅざい》に来《く》るだろ。だから、落《お》ちつかなくて」

「えー、だいじょうぶだって！　光一《こういち》は、心配《しんぱい》しすぎだよ」

健太《けんた》が、おかしそうにあははと笑《わら》う。

……一番心配《いちばんしんぱい》なのは、健太《けんた》なんだけどな。

光一《こういち》は、ドアからさっと顔《かお》を出《だ》す。もう一度《いちど》、廊下《ろうか》を入念《にゅうねん》に見《み》まわした。

浅見《あさみ》さんが来《く》る前《まえ》にどこかへ行《い》ってしまいたいけど、健太《けんた》を置《お》いていけないし……。

「もう給食《きゅうしょく》は食《た》べおわったの？　光一《こういち》くん！」

「!?」

背後《はいご》から声《こえ》が聞《き》こえて、飛《と》びあがる。振《ふ》りむくと、浅見《あさみ》が満面《まんめん》の笑《え》みで立《た》っていた。

もう来《き》たのか。

「光一《こういち》くんがどこかへ行《い》くなら、ついていくわよ。どこ？　どこに行《い》くの？」

「えっと……」

浅見《あさみ》さんに付《つ》きまとわれるのはいやだけど、健太《けんた》から引《ひ》きはなすには、そのほうがいいか。

光一《こういち》は、後《あと》ずさるように廊下《ろうか》へ出《で》る。できる限《かぎ》り顔《かお》をそむけながら、廊下《ろうか》を歩《ある》きはじめた。

「おれは、図書館《としょかん》に行《い》こうと思《おも》ってて――」

「図書館《としょかん》！　そういえば、司書《ししょ》の橋本先生《はしもとせんせい》にも、ちょうどインタビューしたかったのよね。なにせ『脱獄犯立《だつごくはんた》てこもり事件《じけん》』で人質《ひとじち》になった先生《せんせい》でしょう？」

そうだった。

浅見《あさみ》さんは、橋本先生《はしもとせんせい》と接触《せっしょく》させないほうがいい。

光一《こういち》は、図書館《としょかん》へ向《む》けていた足《あし》をぴたりと止《と》める。さっと方向《ほうこう》を変《か》えて、階段《かいだん》へと走《はし》りだした。

このまま自然《しぜん》に振《ふ》りきって……って、走《はし》って追《お》いかけてきてる!?

「光一《こういち》くん！　図書館《としょかん》はそっちじゃないでしょ？」

「えっと、疲《つか》れたので外《そと》の空気《くうき》を吸《す》いに……」

「ついていくわ！　グラウンドを見《み》ながらのインタビューも、青春《せいしゅん》って感《かん》じでいいわよね！」

「……やっぱりトイレに――」

「ドアの前《まえ》で待《ま》ってるわね！」

「……気分《きぶん》が悪《わる》いから、保健室《ほけんしつ》――」

「わたしが、看病《かんびょう》してあげるわ！」

も～、かんべんしてくれ！

光一《こういち》は一階《かい》まで階段《かいだん》を駆《か》けおりる。廊下《ろうか》をぐいと曲《ま》がって、管理棟《かんりとう》に入《はい》った。

後《うし》ろを振《ふ》りむくと、少《すこ》しだけれど、浅見《あさみ》とは距離《きょり》がある。

今《いま》のうちに、どこかにかくれないと。

「お、徳川《とくがわ》！」

名前《なまえ》を呼《よ》ばれて、ばっと振《ふ》りかえる。職員室《しょくいんしつ》から、福永先生《ふくながせんせい》が軽《かる》く手《て》を上《あ》げていた。

光一《こういち》は、福永先生《ふくながせんせい》を押《お》すようにして、そのまま中《なか》に入《はい》る。後《うし》ろ手《で》で、ぱたんとドアを閉《し》めた。

……助《たす》かった。

「お、おい。どうしたんだ？　徳川《とくがわ》、なんだか、すごい顔《かお》してるぞ」

「ええっと……その、選挙運動《せんきょうんどう》で疲《つか》れて……」

「ああ、朝《あさ》からがんばってたもんな。ちょうどよかった。そんな徳川《とくがわ》にビッグニュースだぞ」

「ビッグニュース？」

「見事《みごと》、児童会役員《じどうかいやくいん》になったら、今回《こんかい》はすごい副賞《ふくしょう》があるんだ」

福永先生《ふくながせんせい》が、にかっと機嫌《きげん》よく笑《わら》った。

「ほら、一週間前《しゅうかんまえ》に『脱獄犯立《だつごくはんた》てこもり事件《じけん》』があって、ブルーダイヤが見《み》つかっただろ？　その持《も》ち主《ぬし》が、うちの学校《がっこう》に寄付《きふ》をしてくれるらしいんだよ」

「へえ。気前《きまえ》がいいんですね」

光一《こういち》は、頭《あたま》の中《なか》で、ブルーダイヤに関《かん》する記事《きじ》を引《ひ》っぱりだす。

持《も》ち主《ぬし》は、都内《とない》の宝飾店《ほうしょくてん》だったはずだ。ニュースにして店《みせ》の宣伝《せんでん》にするには、ちょうどいいのかもしれない。

福永先生《ふくながせんせい》は、興奮《こうふん》したように顔《かお》を赤《あか》らめた。

「〈レッドバタフライ〉に盗《ぬす》まれたものは返《かえ》ってこないことで有名《ゆうめい》だからな。大《おお》よろこびらしくて、なんと……一千万《まん》も学校《がっこう》に寄付《きふ》してくれるんだ！」

「一千万《まん》も？」

バタン！

物《もの》が落《お》ちる大《おお》きな音《おと》がして、職員室《しょくいんしつ》にいた先生《せんせい》たちが、はっと視線《しせん》を向《む》ける。

職員室《しょくいんしつ》の窓《まど》の近《ちか》くで、撮影《さつえい》スタッフの男《おとこ》の人《ひと》が、あわててバインダーを拾《ひろ》っていた。

げ、浅見《あさみ》さんもいる。

「ちょっと、細谷《ほそや》くん！　せっかく、光一《こういち》くんを隠《かく》し撮《ど》りしてたのに、見《み》つかっちゃったじゃない！」

「すみません！」

先週《せんしゅう》、撮影用《さつえいよう》の車《くるま》で見《み》かけた男《おとこ》の人《ひと》が、へこへこと頭《あたま》を下《さ》げる。

「……なんだか、徳川《とくがわ》も大変《たいへん》そうだな」

福永先生《ふくながせんせい》が、驚《おどろ》いたように瞬《まばた》きすると、光一《こういち》に向《む》かって首《くび》をすくめた。

「来週《らいしゅう》の水曜《すいよう》、選挙《せんきょ》の結果発表《けっかはっぴょう》の後《あと》に、新会長《しんかいちょう》がセレモニーで寄付金《きふきん》を受《う》けとるんだ。だから、当選《とうせん》すれば一千万円《まんえん》が持《も》てるぞ。なかなかない経験《けいけん》だろう。それを楽《たの》しみに、がんばれよ」

「はい、ありがとうございます」

一千万円《まんえん》の現金《げんきん》か。ちょっと興味《きょうみ》はあるけど。

さすがに、十億《おく》のブルーダイヤを手《て》にしたことがあるとは言《い》えないな。

福永先生《ふくながせんせい》が、電話《でんわ》に呼《よ》びだされて去《さ》っていく。光一《こういち》が廊下《ろうか》のほうを見《み》ると、窓《まど》のかげにかくれた浅見《あさみ》の頭《あたま》が、ひょっこりとのぞいていた。

……大人《おとな》しく、捕《つか》まるしかないか。

観念《かんねん》しながら出入《でい》り口《ぐち》へ向《む》かうと、ちょうどドアが開《あ》く。職員室《しょくいんしつ》に入《はい》ってきた男子《だんし》と、ぶつかりそうになった。

「あ、ごめ――」

高《たか》い背《せ》に、首元《くびもと》まである黒《くろ》い服《ふく》。

ぱっと顔《かお》を上《あ》げると、ノートを持《も》った和馬《かずま》と目《め》が合《あ》った。

「かぜ――」

いや、声《こえ》をかけないほうがいいのか？

迷《まよ》っているうちに、和馬《かずま》は光一《こういち》の前《まえ》を通《とお》りすぎる。そのまま、窓際《まどぎわ》の先生《せんせい》へとまっすぐ近《ちか》づいていった。

秘密《ひみつ》を守《まも》るためっていうのは、わかるけど……。

むっとしながら、ドアをくぐる。すぐに、いやになるくらい元気《げんき》な声《こえ》が聞《き》こえた。

「それで、光一《こういち》くん。どこに行《い》く？　まだ昼休《ひるやす》みはたっぷりあるわよ」

廊下《ろうか》でしゃがんで待《ま》っていた浅見《あさみ》にマイクを突《つ》きつけられて、光一《こういち》はがっくりと肩《かた》を落《お》とした。

★6 演説会《えんぜつかい》は大《だい》ピンチ!?

読書《どくしょ》の時間《じかん》は、選挙《せんきょ》の準備《じゅんび》や活動《かつどう》に奪《うば》われる。休《やす》み時間《じかん》は、浅見《あさみ》の密着取材《みっちゃくしゅざい》に奪《うば》われる。

「もう、息切《いきぎ》れしそうだな……」

ステージ裏《うら》から体育館《たいいくかん》の中《なか》をのぞきこみながら、光一《こういち》は、ぽつりと言《い》った。

忙《いそが》しいと、毎日《まいにち》はあっという間《ま》に過《す》ぎる。

月曜日《げつようび》に選挙活動《せんきょかつどう》が始《はじ》まって、もう三日目《みっかめ》。

今日《きょう》は、いよいよ演説会《えんぜつかい》だ。

残《のこ》りは、木《もく》、金《きん》、月《げつ》の三日間《みっかかん》。折《お》りかえし地点《ちてん》と思《おも》うと、少《すこ》し気《き》が楽《らく》になる。

ステージの前《まえ》には、全校生徒《ぜんこうせいと》が集《あつ》まりはじめている。まだ、演説会《えんぜつかい》が始《はじ》まる前《まえ》だから、みんな前後《ぜんご》の人《ひと》と話《はな》したり、リラックスしたりと、それぞれ時間《じかん》をつぶしていた。

光一《こういち》は、左腕《ひだりうで》にはめた時計《とけい》を見《み》る。演説会《えんぜつかい》の本番《ほんばん》まで、あと六、七分《ふん》。

三時間《じかん》には少《すこ》し早《はや》いけど、今《いま》のうちにひと眠《ねむ》りしとこう。

演説中《えんぜつちゅう》に眠《ねむ》くなったら、最悪《さいあく》だし。

「光一《こういち》くん！」

……またか。

光一《こういち》は、すぐ横《よこ》から聞《き》こえた、弾《はじ》けるような声《こえ》にしぶしぶ振《ふ》りむく。浅見《あさみ》がにこにこした顔《かお》で、光一《こういち》にマイクを向《む》けていた。

「もう、おれは十分《じゅうぶん》インタビューを受《う》けましたから、他《ほか》の候補者《こうほしゃ》にしてください」

「でも、他《ほか》のみんなはすっごく緊張《きんちょう》してるみたいだし。ちょっと話《はな》しかけにくいのよねえ」

「だからって、おれの妨害《ぼうがい》をしないでください！」

「光一《こういち》くんが、あの事件《じけん》を解決《かいけつ》したって認《みと》めるならいいわよ？」

……このやりとり、もう何度目《なんどめ》だ？

浅見《あさみ》の密着取材《みっちゃくしゅざい》は、三日目《みっかめ》に入《はい》ってもおとろえる気配《けはい》がない。

光一《こういち》は、がっくりと肩《かた》を落《お》とすと、浅見《あさみ》に背《せ》を向《む》けた。

「……とにかく、演説会《えんぜつかい》の前《まえ》に休憩《きゅうけい》したいので」

「そう!?　がんばってね！　わたしも応援《おうえん》してるから！」

しつこく手《て》を振《ふ》ってくる浅見《あさみ》を無視《むし》して、光一《こういち》はステージ裏《うら》のマットに腰《こし》を下《お》ろす。

ステージ裏《うら》には、光一《こういち》以外《いがい》にも立候補者《りっこうほしゃ》がそろっている。みんな、台本《だいほん》を読《よ》みかえしたり、暗記《あんき》した内容《ないよう》を確認《かくにん》したりして、演説会《えんぜつかい》が始《はじ》まるのを待《ま》っていた。

健太《けんた》は、ステージのすみで、ごそごそと何《なに》かをいじっている。

あれ、何《なん》だ？

顔《かお》をしかめながら、ゆっくりと立《た》ちあがる。健太《けんた》へ近《ちか》づくと、背後《はいご》から手元《てもと》をのぞきこんだ。

「健太《けんた》、何《なに》やってるんだ？」

「わああ、こ、光一《こういち》!?」

健太《けんた》が驚《おどろ》いて、手《て》に持《も》っていたものを、ぽーんと放《ほう》りなげる。小《ちい》さな黒《くろ》い箱《はこ》が、きれいな弧《こ》を描《えが》きながら、光一《こういち》の手《て》にすとんと落《お》ちた。

「ああ！　だめだよ、光一《こういち》」

あわてたように、健太《けんた》が光一《こういち》の手《て》から箱《はこ》をひったくる。くるくると回《まわ》して箱《はこ》を入念《にゅうねん》にチェックすると、ほっと息《いき》をはいた。

「よかった、壊《こわ》れてないみたい」

「それ、何《なん》なんだ？」

「これ？　ふっふっふー、それは光一《こういち》でも教《おし》えられないよ！　今日《きょう》の演説会《えんぜつかい》のために準備《じゅんび》した、とっておきなんだからさ！」

「とっておきって、ただの箱《はこ》にしか見《み》えないぞ」

「とにかくナイショ！　光一《こういち》は、もう準備《じゅんび》ばっちり？」

健太《けんた》が、箱《はこ》を大事《だいじ》そうに抱《かか》えなおしながら聞《き》いた。

「台本《だいほん》は、全部《ぜんぶ》覚《おぼ》えてる。家《いえ》でも、母《かあ》さんに頼《たの》んで、練習《れんしゅう》につきあってもらったし。健太《けんた》は、ステージ慣《な》れしてるから、別《べつ》に緊張《きんちょう》もしてないだろ？」

「えへへっ、それはまあね！　でも、みんなに楽《たの》しんでもらえるか、すっごくどきどきだよ」

……演説会《えんぜつかい》って、そんなにおもしろいものだったっけ？

顔《かお》をしかめた光一《こういち》には気《き》づかずに、健太《けんた》はうっとりと手《て》を合《あ》わせた。

まったく、健太《けんた》はのんきだよな。人《ひと》の気《き》も知《し》らないで。

おれがインタビューに付《つ》き添《そ》ってるから、世界一《せかいいち》クラブの秘密《ひみつ》をもらさずにすんでるのに。

それにしても。

光一《こういち》は、健太《けんた》の手《て》の中《なか》にある箱《はこ》をもう一度《いちど》のぞきこむ。健太《けんた》は、あわてたように自分《じぶん》の背中《せなか》へと箱《はこ》をかくした。

「あ～っ！　だから、あんまりじっくり見《み》ないでよ。手品《てじな》のタネがわかったら、楽《たの》しさが半減《はんげん》しちゃうでしょ？」

「手品《てじな》って……もしかして、また何《なに》かするつもりなのか!?」

「えっ、またってぼく何《なに》かやったっけ？」

「選挙活動《せんきょかつどう》が始《はじ》まってから、もう福永先生《ふくながせんせい》に二回《かい》も怒《おこ》られただろ」

光一《こういち》は、この数日《すうじつ》のことを思《おも》いだして、渋《しぶ》い顔《かお》になる。

活動初日《かつどうしょにち》。健太《けんた》は、しかけ付《つ》きの超特大《ちょうとくだい》ポスターをはりだして、真《ま》っ先《さき》に怒《おこ》られた。

二日目《ふつかめ》。朝《あさ》のあいさつ運動《うんどう》で、健太《けんた》は調子《ちょうし》にのって、学校《がっこう》の全先生《ぜんせんせい》のものまねを披露《ひろう》した。あまりにおもしろくって人《ひと》が集《あつ》まった結果《けっか》、三十人《にん》も遅刻《ちこく》するはめになった。

ある意味《いみ》、浅見《あさみ》さん以上《いじょう》に心配《しんぱい》だ。

「でも、おもしろかったでしょ？　あのポスター、引《ひ》っぱると紙吹雪《かみふぶき》が飛《と》びだすようにしといたんだ！」

「たしかに、あれはすごかった。今度《こんど》、どうやって作《つく》ったか教《おし》えてくれ。ものまねも、いつもはあんまり笑《わら》わない先生《せんせい》が大爆笑《だいばくしょう》するくらいで――じゃなくて！」

今日《きょう》は、選挙《せんきょ》の演説会《えんぜつかい》だぞ？

本当《ほんとう》に、健太《けんた》にこの箱《はこ》を使《つか》わせていいのか!?

『ただいまより、三ツ谷小学校児童会選挙《みつやしょうがっこうじどうかいせんきょ》の演説会《えんぜつかい》を始《はじ》めます。児童《じどう》のみなさんは、クラスごとに整列《せいれつ》して――』

ステージから、司会《しかい》の放送《ほうそう》が聞《き》こえてくる。

げっ、もう時間《じかん》だ。

「あ！　ほらほら。もう並《なら》ばなきゃ！　光一《こういち》は、一番後《いちばんうし》ろでしょ？」

健太《けんた》に背《せ》を押《お》されて、光一《こういち》は候補者《こうほしゃ》の最後尾《さいこうび》に立《た》つ。先頭《せんとう》に立《た》った健太《けんた》が、光一《こういち》に向《む》かって笑顔《えがお》で手《て》を振《ふ》っていた。

……だめだ、あの箱《はこ》が気《き》になってしょうがない。

いつの間《ま》にか、さっきまでざわざわとしていた体育館《たいいくかん》が、しんと静《しず》まりかえっている。

『それでは、立候補者《りっこうほしゃ》は登壇《とうだん》してください』

司会《しかい》の放送《ほうそう》を合図《あいず》に、前《まえ》の候補者《こうほしゃ》に続《つづ》いて、ステージにのぼる。用意《ようい》されているイスに、ゆっくりと座《すわ》った。

ステージの上《うえ》からだと、体育館全体《たいいくかんぜんたい》がよく見《み》える。

六年《ねん》一組《くみ》の列《れつ》に目《め》を向《む》けると、背《せ》の高《たか》いクリスがすぐ目《め》についた。

クリスとは、浅見《あさみ》さんの密着取材《みっちゃくしゅざい》が始《はじ》まった日《ひ》から、ほとんど話《はなし》をしていない。風早《かぜはや》なんて、すれ違《ちが》っても視線《しせん》すら交《か》わさないくらいだ。

まあ、それも、世界一《せかいいち》クラブの秘密《ひみつ》を守《まも》るためには、しょうがないこと……だけど。

壁際《かべぎわ》から、カメラが光一《こういち》たちを向《む》いている。その横《よこ》にいる浅見《あさみ》は、何《なに》も見逃《みのが》すまいと鋭《するど》い視線《しせん》を送《おく》っていた。

『副会長立候補者《ふくかいちょうりっこうほしゃ》、八木健太《やぎけんた》さん。どうぞ』

うっ、自分《じぶん》の順番《じゅんばん》より緊張《きんちょう》する。

さっきの謎《なぞ》の箱《はこ》を持《も》ったまま、健太《けんた》が演台《えんだい》に近《ちか》づいていく。その顔《かお》は、えらく自信満々《じしんまんまん》だ。

健太《けんた》がこの顔《かお》をするときは、何《なに》か起《お》きるんだよな。

……たいてい、良《よ》くないことだけど。

健太《けんた》は箱《はこ》を台《だい》の上《うえ》に置《お》くと、マイクを手《て》に、大《おお》きく息《いき》を吸《す》いこんだ。

『はじめましての人《ひと》も、よく知《し》ってる人《ひと》も、こんにちはっ！　副会長《ふくかいちょう》に立候補《りっこうほ》した、六年《ねん》一組《くみ》の八木健太《やぎけんた》です！』

健太《けんた》が、手元《てもと》でくるくるとマイクを回《まわ》す。ぴたり、と動《うご》きが止《と》まった瞬間《しゅんかん》には、その手《て》の中《なか》からマイクが姿《すがた》を消《け》していた。

なっ……!?

体育館《たいいくかん》が、一瞬《いっしゅん》でざわつく。

健太《けんた》は、みんなが驚《おどろ》く前《まえ》で、何《なに》も入《はい》っていなかったはずのフードから、ずぼっとマイクを引《ひ》きぬいた。

本当《ほんとう》、手品《てじな》のときだけは、まるで別人《べつじん》みたいに健太《けんた》は手際《てぎわ》がいいな。

『ぼくが副会長《ふくかいちょう》に立候補《りっこうほ》したのは、三ツ谷小《みつやしょう》をもっともっと楽《たの》しくて、おもしろい学校《がっこう》にするためです！　ぼくの二年生《ねんせい》からの親友《しんゆう》、徳川光一《とくがわこういち》くんといっしょに！』

そう言《い》うと、健太《けんた》は光一《こういち》に駆《か》けよる。呆然《ぼうぜん》としている光一《こういち》の手《て》をつかんで、ステージの真《ま》ん中《なか》に引《ひ》っぱりだした。

何《なん》だ!?

「健太《けんた》、やめろって。おれは、自分《じぶん》のイスに戻《もど》るからな」

「ああああっ、光一《こういち》。待《ま》ってよ！　これから、大事《だいじ》なところなんだから」

「何《なん》だよ、大事《だいじ》なところって」

『おっほん！』

健太《けんた》が、マイクをにぎりなおす。台《だい》の上《うえ》から——あの小《ちい》さな箱《はこ》を取《と》りあげた。

みんなの視線《しせん》が、箱《はこ》にすっと吸《す》いよせられる。健太《けんた》は、指先《ゆびさき》で箱《はこ》を回転《かいてん》させてみせた。

『ぼくは、目立《めだ》つのが好《す》きなので、たくさんの人《ひと》に知《し》ってもらえてると思《おも》います！　でも、親友《しんゆう》の光一《こういち》は、けっこうひかえめだからぼくは心配《しんぱい》です』

ぱっと、スポットライトが上《うえ》から降《ふ》りそそいでくる。光一《こういち》は、ぎょっと辺《あた》りを見《み》まわした。

しんとした体育館《たいいくかん》に、健太《けんた》のゴキゲンな声《こえ》が響《ひび》く。

『光一《こういち》は、頭《あたま》がいいし、みんなにおカタいって思《おも》われてるんじゃないかって。そこで、みなさんにもっと光一《こういち》のことを知《し》ってもらえるように、ものすごいものを用意《ようい》しました！』

健太《けんた》が黒《くろ》い箱《はこ》のふたを、ぱかっと開《あ》ける。手元《てもと》で上下《じょうげ》に空《から》の箱《はこ》を回転《かいてん》させた。

『はい、中《なか》には何《なに》も入《はい》ってないですよね？　それでは！　ぼくが今《いま》から、この箱《はこ》を光一《こういち》のステキな思《おも》い出《で》で、いっぱいにしたいと思《おも》います！』

「おれの……思《おも》い出《で》!?」

健太《けんた》は箱《はこ》のふたを閉《と》じると、手際《てぎわ》よく、トントンとすみを叩《たた》く。

黒《くろ》い箱《はこ》を、右手《みぎて》でしっかりと持《も》ちなおし――。

ぽんと、子《こ》どもたちの列《れつ》に向《む》かって放《ほう》りなげた。

『1《ワン》、2《ツー》、3《スリー》、オープン！』

パン！

健太《けんた》のかけ声《ごえ》とともに、箱《はこ》が空中《くうちゅう》で弾《はじ》ける。

中《なか》から――箱《はこ》に入《はい》っていたとは思《おも》えないほどたくさんの、写真《しゃしん》が舞《ま》いおちた。

写真《しゃしん》を拾《ひろ》いあげた子《こ》どもは、隣《となり》の人《ひと》と、おもしろそうに中《なか》をのぞきこむ。ステージの上《うえ》の光《こう》一《いち》と、ちらちらと見《み》くらべた。

「……おれの思《おも》い出《で》って、まさか」

光一《こういち》は、ステージに飛《と》ばされてきた一枚《まい》を、さっと拾《ひろ》いあげる。

小《しょう》三のときにみんなで行《い》った旅行《りょこう》の――って、この温泉《おんせん》で沈《しず》みかけてるの、おれか!?

ステージの端《はし》に落《お》ちた別《べつ》の写真《しゃしん》を、急《いそ》いでめくる。

こっちは、幼稚園《ようちえん》の学芸会《がくげいかい》の写真《しゃしん》。トラ役《やく》だから、耳《みみ》には、ぴょこんと猫耳《ねこみみ》が生《は》えてる。

これは、キャンプ場《じょう》でカヌーに乗《の》ったまま眠《ねむ》ってる写真《しゃしん》。これは、すみれに投《な》げとばされてる写真《しゃしん》。

そして、これは――。

雷《かみなり》に打《う》たれたかのような衝撃《しょうげき》に、光一《こういち》はその場《ば》でびしりと固《かた》まった。

「これって……まさか」

『そう！　光一《こういち》の昔《むかし》の写真《しゃしん》です！　すっごくかわいいでしょ？』

健太《けんた》の声《こえ》が、ものすごく遠《とお》くに聞《き》こえる。

あの写真《しゃしん》が――全部《ぜんぶ》!?

光一《こういち》は、健太《けんた》の肩《かた》をがしっとつかむ。ぎっと、正面《しょうめん》からにらみつけた。

「健太《けんた》～！　勝手《かって》に人《ひと》の写真《しゃしん》を使《つか》うな！」

「えー！　だって、光一《こういち》のこと、応援《おうえん》したくってさあ」

「いいから、全部回収《ぜんぶかいしゅう》しろ!!」

「わわわ、光一《こういち》ってば～！　あんまりゆらさないでよ」

はっと気《き》がつくと、体育館《たいいくかん》がどっと笑《わら》いに包《つつ》まれている。

もしかして、これ、コントと勘違《かんちが》いされてないか!?

『見事《みごと》、手品成功《てじなせいこう》です！　拍手《はくしゅ》～!!　……って、あれ？』

健太《けんた》は、ステージの上《うえ》で首《くび》をかしげる。いつの間《ま》にか、ステージのすぐ手前《てまえ》に、福永先生《ふくながせんせい》が真《ま》っ赤《か》な顔《かお》をして立《た》っていた。

「……こんな方法《ほうほう》で、演説《えんぜつ》するやつがあるかー!!」

『えっ、だめなの!?　まだ、一昨日《おととい》の算数《さんすう》の30点《てん》のテストを、30000点《てん》にする手品《てじな》が残《のこ》ってるんだけど！』

健太《けんた》の声《こえ》に、体育館中《たいいくかんじゅう》がさらに、わっと笑《わら》いに包《つつ》まれる。

健太《けんた》のやつ……。

これじゃあ、演説会《えんぜつかい》じゃなくて健太《けんた》のお笑《わら》いステージじゃないか。

光一《こういち》はふらふらと自分《じぶん》のイスに戻《もど》る。頭《あたま》を抱《かか》えて、どさりと腰《こし》を下《お》ろした。

それにしても、よりによって、おれの写真《しゃしん》を……この後《あと》、おれも演説《えんぜつ》するのに。

……気《き》が重《おも》い。

積《つ》みかさなった疲《つか》れに、ため息《いき》をつきながら、目《め》を閉《と》じる。

次《つぎ》の候補者《こうほしゃ》の名前《なまえ》が聞《き》こえて、顔《かお》を上《あ》げようとした。けれど、まぶたが動《うご》かない。

そういえば、前回寝《ぜんかいね》たのって……。

マズい！
浅見《あさみ》さんと健太《けんた》と話《はな》したから、寝《ね》るタイミングを忘《わす》れてた……。
健太《けんた》の演説《えんぜつ》は終《お》わって、辺《あた》りは静《しず》けさを取《と》りもどしている。
他《ほか》の立候補者《りっこうほしゃ》のおだやかな演説《えんぜつ》が、余計《よけい》に眠気《ねむけ》を誘《さそ》った。
「だめだ、今寝《いまね》たら――」
そう言《い》いながら、光一《こういち》はイスに寄《よ》りかかる。あっという間《ま》に、意識《いしき》が遠《とお》のいた。

…………。

徳川《とくがわ》、光一《こういち》さん。
徳川光一《とくがわこういち》さん？
だれだ、おれの名前《なまえ》を何度《なんど》も呼《よ》んで。
こっちは、まだ寝《ね》てるっていうのに。
「光一《こういち》、光一《こういち》ってば～！」
健太《けんた》に名前《なまえ》を呼《よ》ばれて、光一《こういち》は、はっと目《め》を開《あ》ける。

ゆっくり顔《かお》を上《あ》げると、体育館《たいいくかん》にいる全員《ぜんいん》の視線《しせん》が集《あつ》まっていた。

ステージの端《はし》に立《た》っている、司会役《しかいやく》の女《おんな》の子《こ》も、困《こま》ったように光一《こういち》を見《み》ている。

「……もしかして、おれ」

ステージで寝《ね》てた!?

全校生徒《ぜんこうせいと》が、笑《わら》ったり、隣《となり》の人《ひと》と話《はな》したりして、ざわざわとしている。

すみれが、光一《こういち》を指《ゆび》さして爆笑《ばくしょう》している。後《うし》ろに並《なら》んだクリスは、申《もう》し訳《わけ》なさそうにうつむいていた。

和馬《かずま》は、一瞬《いっしゅん》だけ光一《こういち》のことを見《み》たかと思《おも》うと、すぐに視線《しせん》をそらす。

ああっ、やってしまった……。

しかも、みんなの前《まえ》で、こんな場所《ばしょ》で!

光一《こういち》は、イスから急《いそ》いで立《た》ちあがる。今《いま》すぐ帰《かえ》りたいのを我慢《がまん》して、演説台《えんぜつだい》へ向《む》かった。

当《あ》たり前《まえ》のように、テレビ局《きょく》のカメラがしっかりと向《む》けられる。

ああもう!

小《ちい》さく肩《かた》を震《ふる》わせながら、光一《こういち》は演説台《えんぜつだい》のマイクをオンにする。記憶《きおく》から引《ひ》っぱりだした台本《だいほん》を、しかめっ面《つら》で一気《いっき》に読《よ》みあげた。

7 仲間《なかま》のチカラ

「……最悪《さいあく》だ」

家《いえ》に向《む》かって歩《ある》きながら、光一《こういち》は深《ふか》いため息《いき》をついた。

道《みち》で人《ひと》と目《め》が合《あ》うたび、みんながこちらを見《み》て、こそこそと何《なに》か言《い》っている気《き》がする。

演説会《えんぜつかい》は、なんとか無事終了《ぶじしゅうりょう》したものの、健太《けんた》は、校長先生《こうちょうせんせい》、福永先生《ふくながせんせい》に説教《せっきょう》に連《つ》れられていった。光一《こういち》の件《けん》もあって、三《み》ツ谷《や》小始《しょうはじ》まって以来《いらい》の、前代未聞《ぜんだいみもん》の演説会《えんぜつかい》になったのは間違《まちが》いない。

これは、ずっと噂《うわさ》になって残《のこ》るんだろうな……。

健太《けんた》には手品《てじな》のネタにされるし。

何《なに》より、みんなに見《み》られてるところで、寝《ね》てしまうし。

大失態《だいしったい》だ。

学校《がっこう》で、こんなに大《おお》きな失敗《しっぱい》なんて、ここ何年《なんねん》もしてなかったのに。

放課後《ほうかご》、クリスは光一《こういち》に声《こえ》をかけずに帰《かえ》っていった。

和馬《かずま》とは、もちろん顔《かお》も合《あ》わせていない。

「光一《こういち》。いい加減《かげん》、元気出《げんきだ》しなよ」

めずらしく、助《すけ》っ人《と》をするクラブがないすみれが、光一《こういち》の背中《せなか》をばーんと叩《たた》いた。

「やっちゃったことは、気《き》にしたってしょうがないじゃん！　それに、あの後《あと》の演説《えんぜつ》はちゃんとできたんだし」

「それはそうだけど」

「みんな感心《かんしん》してたよ？　寝起《ねお》きであんなにシャキッてしてるのがすごいって。それに、一部《いちぶ》の女子《じょし》がすごいテンション上《あ》がってたし！」

「それは、全然《ぜんぜん》フォローになってないぞ……」

むしろ、余計《よけい》に落《お》ちこんだ。

光一《こういち》は、こめかみに手《て》を当《あ》てると、うなだれる。

すみれは、見張《みは》りのように額《ひたい》に手《て》を当《あ》てながら、きょろきょろと辺《あた》りを見《み》まわした。

「そういえば、浅見《あさみ》さんは？　いつも、放課後《ほうかご》も光一《こういち》にべったりなのに」

「いい映像《えいぞう》が撮《と》れたから、今日《きょう》は編集《へんしゅう》をやるって。演説会《えんぜつかい》が終《お》わったら、すぐに帰《かえ》っていった」

「ふうん」

すみれは宙《ちゅう》を見《み》ながら、上《うわ》の空《そら》で何歩《なんぽ》か進《すす》む。突然《とつぜん》、ぐるりと方向《ほうこう》を変《か》えた。

「光一《こういち》」

「なんだよ、すみ――」

口《くち》を開《ひら》いている途中《とちゅう》で、すみれが、一瞬《いっしゅん》で目《め》の前《まえ》に飛《と》びこんでくる。光一《こういち》のそでを、あっという間《ま》につかんだ。

「げっ」

すみれが、さっとわきの下《した》にもぐりこむ。

次《つぎ》の瞬間《しゅんかん》、体《からだ》がぐいんと浮《う》きあがった。

「気合《きあ》い入《い》れの、一本背負《いっぽんぜお》い！」

ドシーン！

辺《あた》りに、もくもくと土煙《つちけむり》が上《あ》がる。すみれは、その中心《ちゅうしん》に座《すわ》りこんだ光一《こういち》に、びしっと人差《ひとさ》し指《ゆび》を突《つ》きつけた。

「一本《いっぽん》！」

「つたた……なんだよ、突然《とつぜん》」

「光一《こういち》が、情《なさ》けない顔《かお》してるからじゃん」

「はあ!?」

すみれは、一人《ひとり》で家《いえ》に向《む》かって歩《ある》きだす。光一《こういち》は、砂《すな》をはらうと、小走《こばし》りにすみれの横《よこ》に並《なら》んだ。けれど、すみれは黙《だま》ったまま、家《いえ》へ向《む》かってずんずんと歩《ある》いていく。

……もしかして、心配《しんぱい》されたのか？

なんか、ちょっと気《き》まずい。

早足《はやあし》で歩《ある》いたから、あっという間《ま》に家《いえ》に帰《かえ》りつく。門扉《もんぴ》の前《まえ》で足《あし》を止《と》めると、光一《こういち》はすみれを振《ふ》りかえった。

「じゃあな。また明《あ》――」

「久美《くみ》さん、ただいま～っ！」

光一《こういち》が開《あ》けた門扉《もんぴ》から、すみれが勢《いきお》いよく駆《か》けこんでいく。光一《こういち》は、あわてて後《あと》を追《お》いかけた。

「すみれ！　何《なん》でうちに入《はい》ってんだ!?」

もしかして、また夕飯《ゆうはん》を食《た》べていくつもりか？

開《あ》けっぱなしにされた玄関《げんかん》の戸《と》から、家《いえ》に入《はい》る。乱雑《らんざつ》に脱《ぬ》ぎすてられたすみれのくつが、玄関《げんかん》に転《ころ》がっていた。

その横《よこ》に、黄色《きいろ》い男子用《だんしよう》のくつに、花柄《はながら》の女子用《じょしよう》のくつ。

几帳面《きちょうめん》にそろえられた、ちょっと大《おお》きめの黒《くろ》いスニーカー……。

もしかして。

急《いそ》いでくつを脱《ぬ》いで、廊下《ろうか》を抜《ぬ》ける。

リビングに飛《と》びこむと、ソファに座《すわ》ってテレビを眺《なが》めていたクリスが、はっと顔《かお》を上《あ》げた。

着物《きもの》に割烹着姿《かっぽうぎすがた》の母親《ははおや》、久美《くみ》が、菜《さい》ばしを持《も》ったまま、にっこりと顔《かお》をのぞかせる。

「おかえりなさい、光一《こういち》。もうお友《とも》だちが来《き》てるわよ」

「徳川《とくがわ》くん！　勝手《かって》におじゃまして、ごめんなさい。その、帰《かえ》りのホームルームの後《あと》、徳川《とくがわ》くんが先生《せんせい》と話《はな》してる間《あいだ》に、すみれに誘《さそ》われて……」

クリスはソファから立《た》ちあがると、おずおずと光一《こういち》の前《まえ》に出《で》る。三《み》つ編《あ》みが揺《ゆ》れるほど勢《いきお》いよく、頭《あたま》を下《さ》げた。

「……ごめんなさい！　徳川《とくがわ》くんにまかせっきりにして」

クリスが、手《て》を震《ふる》わせながらもう一度頭《いちどあたま》を下《さ》げる。

「浅見《あさみ》さんがこわかったし、秘密《ひみつ》を守《まも》るには、あんまり話《はな》しかけないほうがいいって思《おも》ってたの。でも……徳川《とくがわ》くんがあんなに疲《つか》れるくらい負担《ふたん》をかけて……よくなかったなって」

あんなにっていうのは、もちろん、あの失敗《しっぱい》のことだよな……。

光一《こういち》は、気まずそうに首《くび》の後《うし》ろをかく。クリスに向《む》かって、首《くび》を横《よこ》に振《ふ》った。

「別《べつ》にいいよ。今日《きょう》ミスったのは、どっちかっていうと健太《けんた》のせいだし」

「えええ！　ぼくのせい!?」

床《ゆか》にごろりと転《ころ》がっていた健太《けんた》が、体《からだ》を起《お》こす。瞳《ひとみ》をうるませながら、光一《こういち》にすがりついた。

「でも、本当《ほんとう》に光一《こういち》のためになると思《おも》ってやったんだよ～」

「……それはわかってるって」

だから、怒《おこ》りにくいんだろ。写真《しゃしん》を提供《ていきょう》したすみれは、絶対《ぜったい》わざとだけど。

「ぼく、先生《せんせい》たちにすっごく怒《おこ》られたんだ。みんなにも、お説教《せっきょう》されてるところを見《み》られちゃったし……もしかして、副会長《ふくかいちょう》、落選《らくせん》しちゃうかなあ。どうしよう～」

「もしかして、それを泣《な》きつきにきたのか？」

「光一《こういち》は、ちゃんと選挙活動《せんきょかつどう》をこなせてるけど、ぼくって失敗《しっぱい》ばっかりでしょ!?」

「いつもと、あまり変《か》わらないと思《おも》うけど……」

「クリスちゃん、鋭《するど》いつっこみ！」

やっぱり、クリスも健太《けんた》もいるってことは……。

泣《な》きついてくる健太《けんた》を引《ひ》きはがしながら、光一《こういち》はリビングの奥《おく》に目《め》を向《む》ける。

ダイニングのイスに、和馬《かずま》がむすっとした顔《かお》で座《すわ》っていた。

「風早《かぜはや》！」

「五井《ごい》が、来《こ》いってうるさかったんだ。徳川《とくがわ》が演説会《えんぜつかい》でミスをしたのは、オレのためでもあるからって」

「べっつに、あたしはそんなにしつこく言《い》ってないけど？　どっちかっていうと、和馬《かずま》が光一《こういち》のこと心配《しんぱい》だったんでしょ？」

すみれが、久美《くみ》からもらったオレンジジュースを飲《の》みながら言《い》い返《かえ》す。和馬《かずま》は、すみれの言葉《ことば》を無視《むし》して、リビングで足《あし》を止《と》めた光一《こういち》の前《まえ》に立《た》った。

「浅見《あさみ》さんがいるところでは、表《おもて》だって動《うご》けない。でも、他《ほか》にできることはある。必要《ひつよう》があれば言《い》ってくれ」

「……ああ」

朝《あさ》のあいさつ運動《うんどう》のときも目《め》を合《あ》わせないし、演説会《えんぜつかい》のときも、目《め》をそらされた。てっきり、あきれられたんだと思《おも》ってたけど。

顔《かお》を上《あ》げると、みんながじっと光一《こういち》を見《み》つめていた。

よかった。

光一《こういち》がうなずいてみせると、和馬《かずま》は横《よこ》を通《とお》りすぎる。廊下《ろうか》へ向《む》かって、静《しず》かに歩《ある》きだした。

「帰《かえ》る」

「えええ〜！　和馬《かずま》くん、もう帰《かえ》っちゃうの？」

「せっかくだから、久美《くみ》さんのご飯《はん》、食《た》べていけば？」

「なんでそれをすみれが言《い》うんだ⁉」

「……まだ、今日《きょう》の訓練《くんれん》が残《のこ》ってる」

和馬《かずま》はそれだけ言《い》いのこすと、すたすたと玄関《げんかん》へと向《む》かう。光一《こういち》が廊下《ろうか》に顔《かお》を出《だ》したときには、玄関《げんかん》の戸《と》が音《おと》もなく閉《し》まるところだった。

あいかわらず、すばやいな。

「あら、和馬《かずま》くん帰《かえ》っちゃったの？　残念《ざんねん》ね。じゃあ、今日《きょう》は五人《にん》でお夕飯《ゆうはん》にしましょうか」

「あっ、わたし手伝《てつだ》います」

「ぼくもぼくも！」

クリスと健太《けんた》が、久美《くみ》がいるキッチンへと向《む》かう。すみれも、残《のこ》りのジュースを一息《ひといき》で飲《の》みきって、足《あし》を向《む》けた。

「すみれ！」

「へ？　何《なに》？」

これは、いちおう言《い》っとかないとな。

「……ありがと」

「もー、別《べつ》にいいってば！」

すみれが、勢《いきお》いよく光一《こういち》の背中《せなか》を叩《たた》いた。

バーン！

いたっ！

これ絶対《ぜったい》、背中《せなか》に手形《てがた》が残《のこ》ってるって！


「いっただっきまーす！」

すみれがダイニングのイスに、すばやくすべりこむ。光一《こういち》も、すみれの向《む》かいに腰《こし》を下《お》ろした。

手作《てづく》りのロールキャベツ、ごぼうのサラダ。あさりと菜《な》の花《はな》のおひたし。

「わあ〜、オムライス！　ふっふっふー、ここはぼくに任《まか》せて！」

久美《くみ》から渡《わた》されたケチャップで、健太《けんた》がさらさらと絵《え》を描《か》きはじめる。すぐに、オムライスの上《うえ》に人《ひと》の顔《かお》が現《あらわ》れた。

ちょっとだけ跳《は》ねた髪《かみ》。きりっとした眼《め》。

おまけにピースサインまで描《か》かれている。

って、これ、おれか!?

「健太《けんた》、すっご……」

「本当《ほんとう》、徳川《とくがわ》くんにしか見《み》えないわ……」

「はい、これ光一《こういち》のぶん！」

健太《けんた》が、楽《たの》しそうにオムライスの皿《さら》を差《さ》しだしてくる。光一《こういち》は、吹《ふ》きだすのをがまんしながら受《う》けとると、自分《じぶん》の前《まえ》に置《お》いた。

なんか、みんなでわいわいやってると、不思議《ふしぎ》と元気《げんき》がでてくるな。

やっぱり、おれはみんなで世界一《せかいいち》クラブを続《つづ》けたい。

浅見《あさみ》さんの取材《しゅざい》だって、逆《ぎゃく》に考《かんが》えれば、あとたったの一週間《しゅうかん》の辛抱《しんぼう》だ。

みんながいれば——それくらい、耐《た》えられる。

スプーンで、オムライスをすくう。ぱくりと口《くち》に入《い》れた、そのときだった。

『みなさーん、こんばんは！　浅見《あさみ》カオルです!!』

ごふっ

吹《ふ》きだしかけたごはんを、何《なん》とか飲《の》みこむ。クリスに渡《わた》された水《みず》を、一気《いっき》に飲《の》みほした。

「なんっ……ごほっ、なんで浅見《あさみ》さんの……声《こえ》が!?」

「あっ、光一《こういち》。テレビ！」

咳《せ》きこみながら、すみれが指《ゆび》さしたテレビを見《み》る。画面《がめん》のど真《ま》ん中《なか》に、でかでかとスーツ姿《すがた》の浅見《あさみ》が映《うつ》っていた。

そうか、ちょうど浅見《あさみ》さんの担当番組《たんとうばんぐみ》の時間《じかん》だったっけ。

『わたしは、今《いま》、都内《とない》にある三ツ谷小学校《みつやしょうがっこう》の児童会選挙《じどうかいせんきょ》を取材《しゅざい》しています。特番《とくばん》は来週《らいしゅう》お送《おく》りする予定《よてい》ですが、今日《きょう》はその前《まえ》に、ちょっとした予告映像《よこくえいぞう》を流《なが》しちゃいます！』

浅見《あさみ》がそう言《い》うと、ぱっとテレビの画面《がめん》が切《き》りかわる。大《おお》きく、三ツ谷小《みつやしょう》の校舎《こうしゃ》が映《うつ》された。

「わあ！　ぼく、映《うつ》らないかなあ」

「健太《けんた》。浅見《あさみ》さんは、言《い》ってみればおれたちの敵《てき》なんだからな」

「それはわかってるけどさあ、でも、テレビに映《うつ》るのはうれしいんだって！　あっ、ほら！」

健太《けんた》がテレビを指《ゆび》さすと、ちょうど画面《がめん》に授業《じゅぎょう》を受《う》ける光一《こういち》と健太《けんた》の後《うし》ろ姿《すがた》が映《うつ》った。

クリスが、小《ちい》さく震《ふる》えた声《こえ》を上《あ》げる。

「わ、わたしも映《うつ》ってる……！」

「あっ、あたしも！　ラッキー」

「ななな、なんかぼくのほうが、二人《ふたり》よりもほんのちょっと小《ちい》さくない!?」

「よく撮《と》れてるじゃない、光一《こういち》も健太《けんた》くんも。よかったわね」

キッチンから一番近《いちばんちか》い席《せき》に腰《こし》を下《お》ろしながら、久美《くみ》がほほえんだ。

おれたちの正体《しょうたい》を暴《あば》くのが本当《ほんとう》の目的《もくてき》だから、選挙《せんきょ》のほうは適当《てきとう》な取材《しゅざい》ですませるのかと思《おも》ってたけど。たしかに、ちゃんと撮《と》ってあるんだな。

ナレーションをはさみながら、画面《がめん》の映像《えいぞう》がつぎつぎと切《き》りかわる。朝《あさ》のあいさつ運動《うんどう》の様子《ようす》、クラスへの演説《えんぜつ》まわり、そして——。

『今回《こんかい》の、わたしイチ押《お》しの映像《えいぞう》はこちらです！』

浅見《あさみ》の力強《ちからづよ》い声《こえ》とともに、一枚《まい》の大《おお》きな写真《しゃしん》が、映《うつ》しだされる。

白《しろ》い壁《かべ》の、体育館《たいいくかん》のステージ。その端《はし》で、イスに座《すわ》ったまま、だれかがうつらうつらしている。

その人物《じんぶつ》に、カメラが、少《すこ》しずつズームインしていく。

目《め》をしっかりと閉《と》じて、すやすやと寝息《ねいき》を立《た》てている——。

光一《こういち》の顔《かお》が、テレビいっぱいに映《うつ》った。

「なっ……」

おれの、寝顔《ねがお》――。

カランカラン……

光一《こういち》のはしが、手元《てもと》から落《お》ちて、テーブルの上《うえ》を転《ころ》がる。立《た》ちあがっていた久美《くみ》が、小《ちい》さく口《くち》を開《あ》けた。

「あらまあ」

「光一《こういち》、これ……」

「と、徳川《とくがわ》くん……」

「ダメ。あたしおかしくて笑《わら》っちゃうっ……ぷぷ、あはは」

すみれが笑《わら》いながら、だんだんと拳《こぶし》でテーブルを叩《たた》く。

テレビ画面《がめん》の中《なか》で光一《こういち》の寝顔《ねがお》にかぶさるように現《あらわ》れた浅見《あさみ》が、ぐいっとカメラに向《む》かって身《み》を乗《の》りだした。

『一週間後《しゅうかんご》、来週水曜日《らいしゅうすいようび》の当選発表《とうせんはっぴょう》まで密着取材《みっちゃくしゅざい》する予定《よてい》です！　その後《あと》には、とんでもないスクープをお届《とど》けするつもりなので、みなさま、期待《きたい》しておいてくださいね〜！』

元気《げんき》な声《こえ》を響《ひび》かせて、テレビがＣＭ《シーエム》に入《はい》る。

すみれは、まだ笑《わら》いがおさまらず、テーブルの上《うえ》でぴくぴくと震《ふる》えていた。

光一《こういち》は呆然《ぼうぜん》としたまま、落《お》としたはしを拾《ひろ》いあげる。

ぎゅっと力《ちから》いっぱいにぎりしめると、ぷるぷると怒《いか》りで手《て》が震《ふる》えた。

もうだめだ、がまんできない。

こんな屈辱《くつじょく》、黙《だま》って受《う》けてたまるか。

光一《こういち》は、ぎりっと空中《くうちゅう》をにらむように顔《かお》を上《あ》げた。

世界一《せかいいち》クラブの秘密《ひみつ》を守《まも》るだけじゃ、足《た》りない。

浅見《あさみ》さんをぎゃふんと言《い》わせてやる！

8 反撃《はんげき》、開始《かいし》！

キーンコーン、カーンコーン
放課後《ほうかご》のチャイムが鳴《な》った瞬間《しゅんかん》、光一《こういち》はイスから勢《いきお》いよく立《た》ちあがった。

いつもより乱雑《らんざつ》に教科書《きょうかしょ》をバッグにつめこんで、すぐに背負《せお》う。

バレーボールクラブの助《すけ》っ人《と》に行《い》く準備《じゅんび》をしていたすみれが、首《くび》をかしげた。

「光一《こういち》、どこ行《い》くの？」

「直接《ちょくせつ》、浅見《あさみ》さんに文句《もんく》を言《い》ってくる……！」

浅見《あさみ》は、今日《きょう》も朝《あさ》からずっと光一《こういち》たちに張《は》りついていた。でも、移動教室《いどうきょうしつ》があったり、先生《せんせい》と話《はな》していたりで、直接話《ちょくせつはな》しかける時間《じかん》は、めずらしくとれていない。

すみれがリュックを背負《せお》いながら、こそっとクリスに耳打《みみう》ちした。

「なんか、こんなに怒《おこ》ってる光一《こういち》って、めずらしいかも。寝《ね》てるときに、猫《ねこ》のヒゲ描《か》いたとき以《い》来《らい》かな」

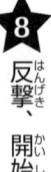

……その話《はなし》、聞《き》こえてるからな。

すみれの声《こえ》を背中《せなか》に聞《き》きながら、廊下《ろうか》へ飛《と》びだして階段《かいだん》を駆《か》けおりる。家庭科準備室《かていかじゅんびしつ》へと迷《まよ》わず走《はし》った。あっという間《ま》に、目的《もくてき》の部屋《へや》のドアが見《み》えてくる。

すみれや風早《かぜはや》に鍛《きた》えられたせいか、浅見《あさみ》さんのせいか、前《まえ》より脚力《きゃくりょく》がついた気《き》がするな。

勢《いきお》いよく開《あ》けるのをなんとかこらえて、光一《こういち》は強《つよ》い調子《ちょうし》でノックした。

ドンドンッ
「は〜い」

中《なか》から、女《おんな》の人《ひと》の声《こえ》が聞《き》こえてくる。

浅見《あさみ》さん……！

光一《こういち》は、バン！　と音《おと》を立《た》てながら、ドアを開《ひら》く。驚《おどろ》いた顔《かお》で見《み》てくる撮影《さつえい》スタッフをかきわけて、一番奥《いちばんおく》のイスに座《すわ》った浅見《あさみ》の前《まえ》に進《すす》みでた。

「きゃーっ、光一《こういち》くん！　まさか自分《じぶん》から会《あ》いに来《き》てくれたの!?」

浅見《あさみ》が、にこにこと笑《え》みを浮《う》かべて、光一《こういち》に飛《と》びつこうとしてくる。光一《こういち》は、顔《かお》をひきつらせながら、他《ほか》のスタッフのかげに入《はい》って、距離《きょり》を取《と》った。

「昨日《きのう》の、あれはなんですか！　勝手《かって》に人《ひと》の変《へん》な映像《えいぞう》を使《つか》わないでください！」

「えーっ？　でも、あれは隠《かく》し撮《ど》りしたわけじゃないでしょう？　なんたって、演説会《えんぜつかい》の映像《えいぞう》だもの。みんな見《み》てたしね」

それは、そうだけど！

光一《こういち》は、鋭《するど》い目《め》でスーツ姿《すがた》の浅見《あさみ》をにらむ。浅見《あさみ》は、上機嫌《じょうきげん》にふふふと笑《わら》いながら立《た》ちあがった。

「ということで、クレームは受《う》けつけません！　じゃあ、わたしは局《きょく》で、もうちょっと仕事《しごと》があるから。自分《じぶん》の車《くるま》で、先《さき》に帰《かえ》るわね」

浅見《あさみ》は、光一《こういち》にひらひらと手《て》を振《ふ》りながら、バッグを手《て》に部屋《へや》を出《で》ていく。呼《よ》びとめる前《まえ》に、ぱたんとドアが閉《し》まった。

……逃《に》げられた。

「えーっと、光一《こういち》くん。だいじょうぶかい？」

背《せ》の高《たか》い男《おとこ》の人《ひと》に、横《よこ》から声《こえ》をかけられる。

取材《しゅざい》されている間《あいだ》に顔見《かおみ》知《し》りになった、音声担当《おんせいたんとう》の西村《にしむら》さんだ。

「ほら、元気《げんき》だしなよ。昨日《きのう》の映像《えいぞう》、すごく評判《ひょうばん》よくてさ。等身大《とうしんだい》の小学生《しょうがくせい》っぽいって。視聴率《しちょうりつ》もよかったみたいだし」

「……そうですか」

それは、つまり大勢《おおぜい》の人《ひと》が見《み》たってことなんだよな。

光一《こういち》は、さらに肩《かた》を落《お》とす。西村《にしむら》にすすめられて、ため息《いき》をつきながらイスに座《すわ》った。

「今度《こんど》から、使《つか》う映像《えいぞう》を事前《じぜん》に確認《かくにん》することってできますか？」

「ううん、どうかなあ。昨日《きのう》は、浅見《あさみ》さんがヒートアップしちゃって、すぐ持《も》って帰《かえ》ってすぐ流《なが》しちゃったし……」

「むりむり。浅見《あさみ》さんは、撮《と》るっていったら撮《と》る。放送《ほうそう》するっていったら放送《ほうそう》する人《ひと》だから」

カメラ担当《たんとう》の、ひげ面《づら》の辻《つじ》が、レンズを磨《みが》きながらおっかなそうに首《くび》をすくめる。他《ほか》のスタッフも、それに合《あ》わせてあははと笑《わら》った。

「浅見《あさみ》さんって、見《み》た目《め》はきれいなんだけど、けっこう……熱《あつ》い人《ひと》だから」

西村《にしむら》が、頭《あたま》をかきながら、申《もう》し訳《わけ》なさそうに光一《こういち》に苦笑《にがわら》いした。

「ぼくは、浅見《あさみ》さんの下《もと》で撮影《さつえい》に参加《さんか》して、わりと長《なが》いんだ。もう二年《ねん》くらいかな？　だから、だいぶ慣《な》れてきたけど」

光一《こういち》は、家庭科準備室《かていかじゅんびしつ》にいる撮影《さつえい》スタッフを、ぐるりと見《み》わたす。全体《ぜんたい》を仕切《しき》る浅見《あさみ》がいなくなったからか、それぞれ自分《じぶん》の機材《きざい》や資料《しりょう》をチェックしている。

……ちょっと、探《さぐ》ってみるか。浅見《あさみ》さんだって、すみれを質問攻《しつもんぜ》めにしてたしな。

光一《こういち》は、わざと興味深《きょうみぶか》そうに身《み》を乗《の》りだすと、人《ひと》のよさそうな西村《にしむら》の顔《かお》を見上《みあ》げた。

「浅見《あさみ》さんって、どんな人《ひと》なんですか？　取材《しゅざい》をしてもらってるけど、浅見《あさみ》さんって自分《じぶん》のことはあんまり話《はな》さないから」

「浅見《あさみ》さん？　そうだなあ。とにかく、仕事熱心《しごとねっしん》な人《ひと》だよ。いつテレビに映《うつ》ってもいいように、徹夜明《てつやあ》けでも絶対《ぜったい》スーツだし」

いちおう、キャスターだからね、と西村《にしむら》は付《つ》けくわえた。

「あとね、人《ひと》のスクープは絶対横取《ぜったいよこど》りしないんだ。この業界《ぎょうかい》、けっこう悪《わる》いヤツも多《おお》いんだよ。人《ひと》がつかんだ情報《じょうほう》を自分《じぶん》の名前《なまえ》で発表《はっぴょう》したり、うそを本当《ほんとう》の話《はなし》みたいに報道《ほうどう》したりさ」

「浅見《あさみ》さんは、そういうことはしない……？」

「そう。自分《じぶん》の足《あし》で調《しら》べて、証拠《しょうこ》をつかんで、本当《ほんとう》のことだけを伝《つた》える——っていうのが、ポリシーだって、前《まえ》に言《い》ってたよ」

光一《こういち》は考《かんが》えこむように、口《くち》に手《て》を当《あ》てる。

てっきり、浅見《あさみ》さんは、スクープのためなら、どんなことでもする人《ひと》かと思《おも》ってたけど。

だから、あんなに取材《しゅざい》に熱心《ねっしん》なのか。

……それにしたって、限度《げんど》はあると思《おも》うけど。

渋《しぶ》い顔《かお》になっていたのか、西村《にしむら》は光一《こういち》の顔《かお》を見《み》て吹《ふ》きだした。

「ま、ちょっと行《い》きすぎた情熱《じょうねつ》だとは、ぼくも思《おも》うけどね。今回《こんかい》も、急《きゅう》に予定《よてい》を変更《へんこう》して、三ツ《みっ》谷小《やしょう》に取材《しゅざい》に行《い》く！　って言《い》いだして、大変《たいへん》だったよ。でも、たまにはいい話《はなし》もあるんだ」

西村《にしむら》は、ディレクターの角田《かくた》と、にやっと笑《わら》いあうと、うれしそうに手《て》を組《く》みあわせた。

「もしかしたら今回《こんかい》は特別《とくべつ》ボーナスが出《で》るかもしれないんだ。浅見《あさみ》さんが、ものすごいスクープを捕《つか》まえるって、豪語《ごうご》してるから」

「へ、へえ……」

それって、絶対《ぜったい》におれたちが『脱獄犯立《だつごくはんた》てこもり事件《じけん》』を解決《かいけつ》してたスクープのことだよな？

光一《こういち》は、苦笑《にがわら》いを浮《う》かべながら、イスから立《た》ちあがる。西村《にしむら》に向《む》かって、ぺこりと頭《あたま》を下《さ》げた。

「おじゃましてすみませんでした」

「いやいや、いいよ。こっちこそ、なんかしゃべりすぎちゃって。あ、せっかくだから、裏技《うらわざ》を教《おし》えておいてあげるよ」

「裏技《うらわざ》ですか？」

西村《にしむら》は、光一《こういち》に近《ちか》づくと、声《こえ》をひそめた。

「映像《えいぞう》を使《つか》ってほしくないんだったら、先生《せんせい》に相談《そうだん》してみたらいい。学校側《がっこうがわ》から取材《しゅざい》の許可《きょか》が下《お》りてるから、撮《と》れてるんだし。学校《がっこう》から文句《もんく》言《い》われたら、浅見《あさみ》さんも対応《たいおう》してくれるよ」

「西村《にしむら》、そんなこと教《おし》えていいのか？　浅見《あさみ》さんに、どやされるぞ」

カメラの辻《つじ》が、にやにやと西村《にしむら》を見《み》る。光一《こういち》は、もう一度《いちど》しっかりと頭《あたま》を下《さ》げた。

たしかに、そっちのほうが浅見《あさみ》さんを追《お》いかけまわすより楽《らく》そうだ。

「助《たす》かります。それじゃあ、また明日《あした》」

光一《こういち》は、急《いそ》いで家庭科準備室《かていかじゅんびしつ》を後《あと》にする。部屋《へや》を出《で》ると、向《む》かいの物置部屋《ものおきべや》の前《まえ》に、背中《せなか》を向《む》けてクリスが立《た》っていた。

ドアの音《おと》で振《ふ》りむいたクリスは、他《ほか》に人《ひと》がいないかを気《き》にしながら、光一《こういち》にそっと近《ちか》よった。

「あ、徳川《とくがわ》くん。その……浅見《あさみ》さんはどうだったの？」

「逃《に》げられた。でも、撮影《さつえい》スタッフの人《ひと》が、苦情《くじょう》は学校《がっこう》に言《い》えば対応《たいおう》してくれるかもって。今《いま》から福永先生《ふくながせんせい》のところに行《い》ってくる」

「それなら、わたしもいっしょに行《い》ってもいい？　できれば、映《うつ》りたくないから……」

「そうだな。二人《ふたり》のほうが、福永先生《ふくながせんせい》も真面目《まじめ》に聞《き》いてくれるだろうし、助《たす》かる」

光一《こういち》が職員室《しょくいんしつ》へ向《む》かって歩《ある》きだすと、斜《なな》め後《うし》ろをクリスがついてくる。

あれ、そういえば――。

「何《なん》で、あんなところにいたんだ？　クリスも、浅見《あさみ》さんに苦情《くじょう》を言《い》いたかったとか？」

「そうじゃないんだけど……その、徳川《とくがわ》くんに用事《ようじ》があって」

クリスが、ぎゅっと手《て》を組《く》みあわせる。光一《こういち》から目《め》をそらしながらぽつりと言《い》った。

「昨日《きのう》、言《い》いそびれてたんだけど……浅見《あさみ》さんの取材《しゅざい》から、守《まも》ってくれてありがとう」

一階《かい》に下《お》りたところで足《あし》を止《と》めると、クリスは光一《こういち》に深々《ふかぶか》と頭《あたま》を下《さ》げた。

「すっごく……助《たす》かったの。だから、どうしても伝《つた》えたくて」

「べつにいいよ、それくらい」

おれだって、みんなに助《たす》けてもらってるし。

「クリスも、もうおれたちの仲間《なかま》なんだから」

光一《こういち》がそう言《い》うと、縁眼鏡《ふちめがね》の奥《おく》で、クリスが瞳《ひとみ》をはっと見開《みひら》く。きゅっと一瞬《いっしゅん》だけくちびるをかんだ。

よく見《み》ると、いつの間《ま》にか、いつものおどおどとした表情《ひょうじょう》が消《き》えている。少《すこ》しの気《き》おくれもなく、うれしそうにクリスはにっこりと笑《わら》った。

「ありがとう。これからもよろしくね、徳川《とくがわ》くん」

「あ、ああ……」

笑顔《えがお》が鮮《あざ》やかすぎて、ちょっと面食《めんく》らう。

……クリスって、こんなふうにも笑《わら》うんだな。

「わたし、福永先生《ふくながせんせい》がいるか見《み》てくるわ」

クリスが、光一《こういち》を追《お》いこして、足早《あしばや》に職員室《しょくいんしつ》へと入《はい》っていく。

光一《こういち》は、その後《うし》ろを歩《ある》きながら、はあっと息《いき》をついた。

投開票日《とうかいひょうび》を入《い》れると、浅見《あさみ》さんはあと四日《よっか》もいるのか。

早《はや》く、いなくなってくれるとうれしいんだけどな。

光一《こういち》は、職員室《しょくいんしつ》のドアに手《て》をかける。静《しず》かな廊下《ろうか》に、ガタンとドアの音《おと》がして、振《ふ》りむいた。

事務室《じむしつ》の入《い》り口《ぐち》に、ひょろっとした男《おとこ》の人《ひと》が立《た》っている。

たしか、アシスタントディレクターの……細谷《ほそや》さんだっけ。

周囲《しゅうい》を見《み》わたした細谷《ほそや》と、一瞬《いっしゅん》目《め》が合《あ》う。細谷《ほそや》は咳《せき》ばらいをしながら、さっと視線《しせん》をそらすと、階段《かいだん》を上《あ》がっていった。

「徳川《とくがわ》くん。福永先生《ふくながせんせい》は今日《きょう》、もう出《で》かけちゃったって……徳川《とくがわ》くん？」

職員室《しょくいんしつ》から出《で》てきたクリスが、光一《こういち》の横《よこ》に並《なら》ぶ。だれもいなくなった階段《かいだん》を見《み》つめる光一《こういち》を、不思議《ふしぎ》そうに見《み》つめた。

「……どうかしたの？」

「いや」

おれの、考《かんが》えすぎか？　でも、何《なに》かひっかかる。

ふっと、昨日《きのう》の夕方《ゆうがた》に風早《かぜはや》に言《い》われた言葉《ことば》が、頭《あたま》の中《なか》でこだました。

「……少《すこ》し頼《たの》んでみるか」

光一《こういち》は、細谷《ほそや》が立《た》ちさった階段《かいだん》の入《い》り口《ぐち》を、じっとにらみつけた。

9 忍《しの》びよる影《かげ》

放課後《ほうかご》の図書館《としょかん》は、人気《ひとけ》がなくてしんとしている。

光一《こういち》は、カウンターの上《うえ》にかかっている時計《とけい》と、自分《じぶん》の腕時計《うでどけい》を見《み》くらべた。

もう時間《じかん》なんだけど……風早《かぜはや》のやつ、来《こ》ないな。

「徳川《とくがわ》くん、今日《きょう》は選挙活動《せんきょかつどう》の最終日《さいしゅうび》だけど、取材《しゅざい》はないの？」

カウンターの向《む》こうから、新刊《しんかん》にカバーをかけていた橋本先生《はしもとせんせい》が、光一《こういち》に声《こえ》をかけた。

橋本先生《はしもとせんせい》は三《み》ツ《つ》谷《や》小学校《しょうがっこう》の学校司書《がっこうししょ》。子《こ》どもの話《はなし》もきちんと聞《き》いてくれる、信頼《しんらい》できる先生《せんせい》だ。

そして、前回《ぜんかい》の『脱獄犯立《だつごくはんた》てこもり事件《じけん》』の人質《ひとじち》になった先生《せんせい》でもある。

光一《こういち》は、荷物《にもつ》をまとめてカウンターに近《ちか》づくと、橋本先生《はしもとせんせい》が準備《じゅんび》している新刊《しんかん》をのぞきこんだ。

先生《せんせい》が選《えら》んでくれる本《ほん》は、いっつもおもしろいんだよな。

「今《いま》は、他《ほか》の候補者《こうほしゃ》が最後《さいご》のインタビューを受《う》けています。そういえば、橋本先生《はしもとせんせい》のところにも、浅見《あさみ》さんは来《き》ましたか？」

「みんなが授業《じゅぎょう》の時間《じかん》に、毎日《まいにち》、来《き》てたわよ。でも、わたしが事件《じけん》のことをくわしく話《はな》さないから、最近《さいきん》はあまり来《き》てないわ」

「そうですか」

よかった。浅見《あさみ》さんは少《すく》なくとも、橋本先生《はしもとせんせい》から情報《じょうほう》を探《さぐ》るのは、あきらめたみたいだな。

光一《こういち》は、バッグを抱《かか》えなおしながら、内心《ないしん》でほっと胸《むね》をなでおろした。

「すみません。先生《せんせい》にも迷惑《めいわく》をかけて」

「気《き》にしないで。あのとき、助《たす》けてもらったのは、わたしのほうだもの」

橋本先生《はしもとせんせい》が、カウンターから身《み》を乗《の》りだして、声《こえ》をひそめた。

「だいじょうぶ。みんなのことは絶対《ぜったい》に話《はな》さないから。なにかできることがあったら、わたしにも言《い》ってね」

光一《こういち》は、橋本先生《はしもとせんせい》に軽《かる》く頭《あたま》を下《さ》げると、図書館《としょかん》を出《で》る。廊下《ろうか》で左右《さゆう》を確認《かくにん》してから、昇降口《しょうこうぐち》へ向《む》かって歩《ある》きだした。腕時計《うでどけい》を見《み》ると、約束《やくそく》の時間《じかん》を五分《ふんす》過ぎている。

風早《かぜはや》は、時間《じかん》に正確《せいかく》なタイプだと思《おも》ってたんだけど……何《なに》かあったのか？

瞬間《しゅんかん》、肩《かた》に手《て》を置《お》かれて体《からだ》がびくっとする。

もしかして、浅見《あさみ》さん!?

弾《はじ》かれたように振《ふ》りかえると、表情《ひょうじょう》の見《み》えない大人《おとな》っぽい顔《かお》が見下《みお》ろしていた。

「風早《かぜはや》……」

しぼりだすように名前《なまえ》を呼《よ》ぶと、和馬《かずま》は不思議《ふしぎ》そうに目《め》を細《ほそ》める。

……こっちは、また、寿命《じゅみょう》が縮《ちぢ》んだぞ。

「前《まえ》にも言《い》ったと思《おも》うけど、頼《たの》むから先《さき》に声《こえ》をかけてくれ……」

光一《こういち》がそう言《い》うと、和馬《かずま》は少《すこ》しだけ、むっとしながら口《くち》を開《ひら》いた。

「オレは、徳川《とくがわ》が出《で》てくるのを、ここで普通《ふつう》に待《ま》ってたつもりだったんだが」

「おれは中《なか》で待《ま》ってて……って、ドアを開《あ》けたとき、ぜんぜん気《き》づかなかったぞ!?」

「もしかしたら、徳川以外《とくがわいがい》の人間《にんげん》かと思《おも》って、姿《すがた》を見《み》られないように一度壁《いちどかべ》に登《のぼ》った」

光一《こういち》は、廊下《ろうか》の壁《かべ》を見上《みあ》げる。窓《まど》はあるが、人《ひと》が留《とど》まれるような場所《ばしょ》はない。

全然《ぜんぜん》、普通《ふつう》に待《ま》ってないじゃないか。

光一《こういち》がうらめしそうな視線《しせん》を向《む》けると、和馬《かずま》は困《こま》ったような顔《かお》でぽつりと言《い》った。

「……悪《わる》い」

「まあいいけど。それより、調査結果《ちょうさけっか》を教《おし》えてくれ。細谷《ほそや》さんを、見《み》はってくれたんだろ？」

より人気《ひとけ》のない、管理棟《かんりとう》へいっしょに歩《ある》きだす。光一《こういち》の言葉《ことば》に、和馬《かずま》は静《しず》かにうなずいた。

「結論《けつろん》からいうと、黒《くろ》だ」

和馬《かずま》の背後《はいご》から、窓越《まどご》しにさっと夕日《ゆうひ》が射《さ》しこんだ。

「先週《せんしゅう》の金曜《きんよう》と、今日《きょう》、細谷《ほそや》さんのことを張《は》りこんだ。細谷《ほそや》さんは、頻繁《ひんぱん》に撮影《さつえい》スタッフから離《はな》れて、一人《ひとり》で別行動《べつこうどう》をとっていた。しかも、他《ほか》の撮影《さつえい》スタッフに、どこに行《い》っていたのかと聞《き》かれると、細谷《ほそや》さんは決《き》まって、うそを答《こた》えていた」

「頻繁《ひんぱん》に行《い》っていたのは、職員室《しょくいんしつ》や校長室《こうちょうしつ》のある管理棟《かんりとう》の一階《かい》。特《とく》に──事務室《じむしつ》だよな？」

和馬《かずま》が、こくりとうなずく。光一《こういち》は、困《こま》ったように首《くび》の後《うし》ろをかいた。

「事務室《じむしつ》で、何《なに》をしてたかも見《み》たか？」

「ほとんど、事務室《じむしつ》の人《ひと》と雑談《ざつだん》をしていた。毎日《まいにち》の仕事《しごと》の中身《なかみ》や、苦労話《くろうばなし》とか」

「なるほどな。ちなみに、その……」

「何《なん》だ？」

……どうやって見《み》はってたのかは、聞《き》かないほうがいいよな。

光一《こういち》は首《くび》を横《よこ》に振《ふ》って、静《しず》かに腕《うで》を組《く》む。そっと、あごに手《て》を当《あ》てた。

用《よう》がないのに、事務室《じむしつ》へと通《かよ》う細谷《ほそや》さん。

話題《わだい》は仕事《しごと》の話《はなし》。

これだけじゃ、ピースが足《た》りない。

あと、何《なに》かひとつ……。

「光一《こういち》！　やっぱり図書館《としょかん》の近《ちか》くにいたあ～。あ、和馬《かずま》くんもいる！」

健太《けんた》が、廊下《ろうか》の向《む》こうから走《はし》ってくる。二人《ふたり》の前《まえ》で、ばたばたと足《あし》を止《と》めた。

「もう先生《せんせい》のお説教《せっきょう》は終《お》わったのか？　今日《きょう》は、教室《きょうしつ》へのあいさつまわりで、失敗《しっぱい》したんだろ」

「……健太《けんた》は、今日《きょう》はどんな失敗《しっぱい》をしたんだ？」

「えっ。失敗《しっぱい》っていうか、演説《えんぜつ》を落語風《らくごふう》にやったら、怒《おこ》られちゃって」

和馬《かずま》は、固《かた》まったまま目《め》をしばたかせる。

……さすがの風早《かぜはや》も、健太《けんた》には敵《かな》わないな。

健太《けんた》は、はーっと肩《かた》を落《お》としながら、力《ちから》なくうなだれた。

「福永先生《ふくながせんせい》が、このままだと当選《とうせん》も難《むずか》しいぞ！　とか脅《おど》してくるんだ。落選《らくせん》したら、どうしよう。ダイヤのお礼《れい》の一千万円《まんえん》、ぼくもちゃっかり持《も》たせてもらおうと思《おも》ってたのに——」

「——それだ！」

光一《こういち》は、驚《おどろ》いた表情《ひょうじょう》の健太《けんた》と和馬《かずま》の前《まえ》で、スマホを取《と》りだす。電話《でんわ》の画面《がめん》を呼《よ》びだしながら、二人《ふたり》に向《む》かって言《い》った。

「多分《たぶん》、撮影《さつえい》スタッフの細谷《ほそや》さんは、学校《がっこう》へ寄付《きふ》されるお金《かね》を盗《ぬす》むつもりなんだ」

「あの一千万円《まんえん》を!?」

「事務室近辺《じむしつきんぺん》で不審《ふしん》な動《うご》きをしていたのは、そのためだ。職員室《しょくいんしつ》で、一千万《まん》の話《はなし》がでたときも、動揺《どうよう》してたし」

「でも、寄付金《きふきん》がもらえるのは、水曜日《すいようび》なんだろう？」

「セレモニー当日《とうじつ》だと準備《じゅんび》が大変《たいへん》だからな。今日《きょう》あたりに学校《がっこう》の事務室《じむしつ》に運《はこ》びこんでいても、おかしくない」

「そんなあああっ！」

突然《とつぜん》、健太《けんた》がショックを受《う》けた顔《かお》で、床《ゆか》に膝《ひざ》をついた。

「困《こま》るよ！　ぼく、給食《きゅうしょく》が豪華《ごうか》になるのをすっごく期待《きたい》してるのに。毎日《まいにち》、ケーキが出《で》たりさ！」

給食《きゅうしょく》は豪華《ごうか》にならないと思《おも》うぞ。

光一《こういち》は、和馬《かずま》と目《め》を見《み》あわせて、肩《かた》をすくめた。

それにしても、児童会選挙《じどうかいせんきょ》に、密着取材《みっちゃくしゅざい》に――一千万円《まんえん》の窃盗《せっとう》か。

「すみれが言《い》ってたみたいに、事件《じけん》が大《おお》きくなってきたな」

「えーっと、なんだったっけ。バッタフライ効果《こうか》？」

「バタフライ効果《こうか》！　バッタフライは、釣《つ》りの道具《どうぐ》だ」

フライは、ヨーロッパで考案《こうあん》された疑似餌《ぎじえ》の一種《いっしゅ》で、針《はり》に毛《け》を付《つ》けて本物《ほんもの》の虫《むし》に見《み》せる。その中《なか》でも、バッタに似《に》せて作《つく》ったものがバッタフライで――。

って、そうじゃなくて。

和馬《かずま》は、床《ゆか》に這《は》いつくばった健太《けんた》を助《たす》けおこす。鋭《するど》い目《め》で光一《こういち》を見《み》つめた。

「どうするつもりなんだ？」

「先生《せんせい》に話《はな》してみたらどうかなあ。そしたら、何《なん》とかしてくれるかも……」

「いや、確証《かくしょう》があるわけじゃない。この程度《ていど》じゃ、先生《せんせい》も警察《けいさつ》も、動《うご》いてくれないだろう」

この推測《すいそく》には証拠《しょうこ》がない。

つまり。

「現場《げんば》を押《お》さえるしかない」

和馬《かずま》が、光一《こういち》を見《み》ながらぽつりと言《い》う。光一《こういち》は、真剣《しんけん》な表情《ひょうじょう》でうなずいた。

「風早《かぜはや》。細谷《ほそや》さんは？」

「浅見《あさみ》さんに頼《たの》まれて、買《か》い出《だ》しに行《い》った。でも、そろそろ戻《もど》ってくるはずだ。浅見《あさみ》さんは他《ほか》の撮影《さつえい》スタッフといっしょに、まだ候補者《こうほしゃ》の取材《しゅざい》をしている」

「つまり、細谷《ほそや》さんは今《いま》——完全《かんぜん》に一人《ひとり》なんだな」

明日《あした》は、投票日《とうひょうび》で一日《いちにち》、取材《しゅざい》が忙《いそが》しい。

やるなら、きっと今《いま》だ。

「……すみれとクリスを集《あつ》めよう。おれたちで、窃盗事件《せっとうじけん》を未然《みぜん》に防《ふせ》ぐ」

光一《こういち》は、スマホの呼《よ》びだしボタンを押《お》す。和馬《かずま》と健太《けんた》を振《ふ》りむいて言《い》った。

「世界一《せかいいち》クラブ、作戦開始《さくせんかいし》だ」

10 名探偵《めいたんてい》クリス！

ちゃんと、できるかしら……。

事務室《じむしつ》の奥《おく》にある、金庫室《きんこしつ》。事務室《じむしつ》から射《さ》しこむ明《あ》かり以外《いがい》は、真《ま》っ暗《くら》だ。

開《あ》けっぱなしになったドアの裏《うら》でうずくまったまま、クリスはそっとため息《いき》をついた。

光一《こういち》から電話《でんわ》をもらったクリスは、家《いえ》で動《うご》きやすい服装《ふくそう》になってから学校《がっこう》に来《き》た。

今回《こんかい》はそこまで目立《めだ》たない役割《やくわり》だから、それはうれしいけど。

……責任重大《せきにんじゅうだい》ね。

心《こころ》を落《お》ちつけようと、さっき光一《こういち》に指示《しじ》された内容《ないよう》を頭《あたま》の中《なか》で思《おも》いおこす。

言《い》われたことは、全部《ぜんぶ》覚《おぼ》えている。

だいじょうぶ。きっと、だいじょうぶよ。

それに、今回《こんかい》は一人《ひとり》じゃないから。

ちらり、と部屋《へや》の反対側《はんたいがわ》を見《み》る。気配《けはい》すら感《かん》じないけれど、棚《たな》の一番上《いちばんうえ》でしっかりともう一人《ひとり》も準備《じゅんび》しているはずだ。

あとは、細谷《ほそや》さんが徳川《とくがわ》くんの読《よ》みどおり来《き》てくれれば――。

……ガタン
事務室《じむしつ》のドアが閉《し》まる音《おと》がして、びくっとする。すぐに、人目《ひとめ》を忍《しの》ぶような、小《ちい》さな足音《あしおと》が続《つづ》いた。

すぐそばの、金庫室《きんこしつ》の入《い》り口《ぐち》に、だれかが立《た》っている。クリスは、ドアのかげから、ちらりと様子《ようす》をうかがった。

ひょろっとした体型《たいけい》の……やっぱり、細谷《ほそや》さんだわ。

細谷《ほそや》は、辺《あた》りを警戒《けいかい》しながら、かすかな明《あ》かりを頼《たよ》りに、金庫室《きんこしつ》の奥《おく》へと進《すす》む。右手《みぎて》の棚《たな》にある金庫《きんこ》の前《まえ》まで来《く》ると、その脇《わき》にある荷物《にもつ》ケースに手《て》をつっこんだ。

クリスは、ごくりとつばを飲《の》みこむ。

こんなに目《め》の前《まえ》で、人《ひと》が悪《わる》いことをしようとしているのを見《み》るのは、初《はじ》めてだ。

少《すこ》しだけ、足《あし》がすくむ。

ケースの中《なか》を探《さぐ》っていた細谷《ほそや》が、ぴたりと手《て》を止《と》める。何《なに》かをつかんで引《ひ》っぱりあげたかと思《おも》うと、その手《て》の中《なか》で、銀色《ぎんいろ》のものがきらめいた。

金庫《きんこ》のカギだわ！

一度《いちど》だけ、大《おお》きく深呼吸《しんこきゅう》する。

クリスは、暗闇《くらやみ》の中《なか》で三《み》つ編《あ》みをほどくと、そっと眼鏡《めがね》の縁《ふち》に手《て》をかけた。

細谷《ほそや》が、金庫《きんこ》へ向《む》かってカギを近《ちか》づける――。

瞬間《しゅんかん》。

細谷《ほそや》の右手《みぎて》に、小《ちい》さな石《いし》が鋭《するど》い勢《いきお》いで当《あ》たった。

ビシッ！

「うわっ！」

金庫室《きんこしつ》に、細谷《ほそや》の悲鳴《ひめい》が上《あ》がる。

風早《かぜはや》くん！

はっと気《き》がつくと、さっきまで細谷《ほそや》が持《も》っていたカギが、クリスの足元《あしもと》にすべってきていた。

クリスは、急《いそ》いでカギを拾《ひろ》いあげる。

今日《きょう》のわたしは、探偵《たんてい》。

どんな事件《じけん》も解決《かいけつ》して、犯人《はんにん》を追《お》いつめる、天才探偵《てんさいたんてい》よ……！

わざと、目《め》を細《ほそ》めて鋭《するど》い表情《ひょうじょう》を作《つく》る。クリスはドアのかげから、地面《じめん》にはいつくばって、カギを探《さが》している細谷《ほそや》の前《まえ》に、さっと躍《おど》りでた。

「これを探《さが》しているんですよね、細谷《ほそや》さん」

どきどきしながら、銀色《ぎんいろ》のカギを胸《むね》の前《まえ》でかざしてみせる。

細谷《ほそや》が、床《ゆか》からふらりと立《た》ちあがる。思《おも》ったよりも、身長《しんちょう》が高《たか》い。鋭《するど》くにらまれて、一瞬《いっしゅん》足《あし》がふらついた。

こここ、こわい！　でも、だめ。ここは、自信《じしん》をもってやらなくちゃ。

ミステリーのドラマに出《で》てくる、華麗《かれい》な探偵《たんてい》みたいに！

クリスは、細谷《ほそや》の視線《しせん》を受《う》けとめると、厳《おごそ》かに言《い》った。

「細谷《ほそや》さん。あなたは事務室《じむしつ》の人《ひと》たちに、別《べつ》の場所《ばしょ》で取材《しゅざい》をしたいとうそをついて、ここから遠《とお》ざけた。そして、このカギで金庫《きんこ》を開《あ》け、中《なか》に預《あず》けられている寄付金《きふきん》を盗《ぬす》もうとしましたよね？」

「何《なん》で、おまえがそれを!?」

「あなたの行動《こうどう》を、こっそり見《み》はっていたんです。事務室《じむしつ》の人《ひと》と雑談《ざつだん》をして、この部屋《へや》の中身《なかみ》や、金庫《きんこ》の開《あ》け方《かた》を調《しら》べたんでしょう？」

細谷《ほそや》からは、何《なん》の返事《へんじ》もない。ただ、じっとクリスを見下《みお》ろしている。

不安《ふあん》を押《お》し殺《ころ》して、クリスはキリッと顔《かお》を上《あ》げる。光一《こういち》に指示《しじ》されたセリフを、一言一句《いちごんいっく》間違《まちが》えずに、諭《さと》すように言《い》った。

「このことを知《し》っているのは、わたしだけです。このまま立《た》ちされば、まだ罪《つみ》には問《と》いません。お金《かね》は、あきらめて――」

「金《かね》を、あきらめろだって？」

そう言《い》った途端《とたん》、細谷《ほそや》が、ぶるぶると腕《うで》を震《ふる》わせる。ぐんと、長《なが》い腕《うで》を振《ふ》りあげた。

「うるさい！　このっ、カギを返《かえ》せ！」

「――っ！」

きゃあっ！

やっぱり、もう無理《むり》!!

クリスは、ひっと息《いき》をのみながら、背《せ》を向《む》ける。なんとか細谷《ほそや》の手《て》をかわして、事務室《じむしつ》の出入《でい》り口《ぐち》へと駆《か》けだした。

かすかに開《あ》いていたドアをすり抜《ぬ》け、廊下《ろうか》を走《はし》る。

心臓《しんぞう》が、ばくばく言《い》っているのがわかる。振《ふ》りかえると、細谷《ほそや》が事務室《じむしつ》から後《あと》を追《お》うように、飛《と》びだしてくるところだった。

「待《ま》てえ！」

クリスは、倒《たお》れこむように昇降口前《しょうこうぐちまえ》の角《かど》を曲《ま》がる。けれど、つぎの瞬間《しゅんかん》、後《うし》ろから細谷《ほそや》の手《て》が腕《うで》をつかもうとしていた。

もう追《お》いつかれてたの!?

だめ、捕《つか》まる!

「クリス、かかんで!」

廊下《ろうか》の奥《おく》から力強《ちからづよ》い声《こえ》が聞《き》こえる。クリスは目《め》をつぶると、さっとその場《ば》にうずくまった。

バーン!

目《め》にも留《と》まらぬ速《はや》さで飛《と》んできたバレーボールが、細谷《ほそや》の顔面《がんめん》に勢《いきお》いよく炸裂《さくれつ》する。

顔面《がんめん》にめりこんだボールが、ぽろりと落《お》ちて、廊下《ろうか》にトントンと転《ころ》がった。

細谷《ほそや》が、ばったりと廊下《ろうか》に倒《たお》れこむ。

「クリーンヒット!　ここのところ、バレーボ

ールクラブの手伝《てつだ》いしといてよかった。アタックは、得意《とくい》なんだよね」

すみれが、すっかり伸《の》びた細谷《ほそや》の手前《てまえ》でボールを拾《ひろ》いあげると、自慢《じまん》げに胸《むね》をはった。

これだけ強《つよ》ければ、助《すけ》っ人《と》に呼《よ》ばれるはずだ。

背後《はいご》にひかえていた光一《こういち》は、はーっとため息《いき》をつく。クリスから渡《わた》されたカギを、二人《ふたり》を追《お》ってきた和馬《かずま》に向《む》かって放《ほう》りなげた。

和馬《かずま》は、カギを器用《きよう》にキャッチすると、すぐにユーターンして事務室《じむしつ》へと走《はし》っていく。

これで、風早《かぜはや》が金庫室《きんこしつ》にカギを戻《もど》せば、事件《じけん》は完全《かんぜん》になかったことにできるはずだ。

すみれは、ボールを脇《わき》に置《お》く。クリスの手《て》をつかんで、ゆっくりと助《たす》けおこした。

「クリス、だいじょうぶ？」

「ありがとう、すみれ。ちょっと、びっくりしたけど……」

「クリスが危《あぶ》ないと思《おも》ったら、つい力《ちから》が入《はい》っちゃった」

すみれは、クリスに向《む》かってぺろりと舌《した》を出《だ》した。

「あーあ。探偵役《たんていやく》のクリス、見《み》たかった！　あたしが、和馬《かずま》の役《やく》をやればよかったんじゃない？」

「そうしたら、すみれは事務室《じむしつ》の中《なか》で大乱闘《だいらんとう》を起《お》こしてるだろ」

そんなことになれば、戻《もど》ってきた事務室《じむしつ》の人《ひと》たちに見《み》つかって、こっちが怒《おこ》られるに決《き》まってる。

光一《こういち》は、ちらりと腕時計《うでどけい》に目《め》を落《お》とす。

思《おも》ったより、時間《じかん》がかかったな。

「健太《けんた》は、浅見《あさみ》さんの足止《あしど》め、ちゃんと一人《ひとり》でできてるかな？」

「最近練習《さいきんれんしゅう》した読唇術《どくしんじゅつ》を見《み》せるって言《い》ってたし、まあだいじょうぶだろ」

「なあに？　読唇術《どくしんじゅつ》って」

「唇《くちびる》の動《うご》きから、相手《あいて》が言《い》ってることを読《よ》みとるんだ。正直《しょうじき》、かなり難《むずか》しいんだけど——」

すみれに説明《せつめい》しながら、細谷《ほそや》の前《まえ》にかがみこむ。軽《かる》くゆすると、細谷《ほそや》はすぐにうっすらと目《め》を開《あ》けた。

「……うわああ！」

ドンッ
げつ。

驚《おどろ》いた細谷《ほそや》に、両腕《りょううで》で突《つ》きとばされる。廊下《ろうか》に、後《うし》ろむきに倒《たお》れこんだ。

「いてっ……」

まさか、起《お》きぬけに突《つ》きとばすなんて。

撮影《さつえい》スタッフとして接《せっ》してるときは、普通《ふつう》の人《ひと》だったから……油断《ゆだん》した。

すみれが、さっと光一《こういち》に駆《か》けよる。心配《しんぱい》そうに、体《からだ》のあちこちを見《み》まわした。

「光一《こういち》、だいじょうぶ!?」

「突《つ》きとばされただけだ。別《べつ》に、なんともない」

どっちかっていうと、いつもすみれに投《な》げとばされるときのほうが——。

いや、これは言《い》わないでおこう。

「よっ、よくもおれが金《かね》を盗《ぬす》むのを、じゃましてくれたな！」

細谷《ほそや》は、光一《こういち》をにらんだまま、その場《ば》に勢《いきお》いよく立《た》ちあがる。すみれが、いらだたしそうに指《ゆび》をさした。

「そんなの、そっちが悪《わる》いんじゃん！」

「うるさい！　おれには、どうしても金《かね》が必要《ひつよう》なんだ！　……くそっ」

細谷《ほそや》は、光一《こういち》たちに背《せ》を向《む》けて、昇降口《しょうこうぐち》に走《はし》りこむ。止《と》める間《ま》もなく、外《そと》へと飛《と》びだした。

「追《お》うぞ！」

光一《こういち》は立《た》ちあがると、上《うわ》ばきのまま後《あと》を追《お》う。横《よこ》に並《なら》んだすみれが、鼻息《はないき》をあらくしながら、口《くち》をとがらせた。

「何《なに》、あいつ！　自分《じぶん》が悪《わる》いのに、逆《ぎゃく》ギレしちゃってさ」

たしかに、思《おも》ったよりも、切羽《せっぱ》つまってる感《かん》じだった。

事務室《じむしつ》のカギはないから、もう寄付金《きふきん》を盗《ぬす》むことはできないはずだけど。

……なんだか、嫌《いや》な予感《よかん》がする。

「行《い》こう」

光一《こういち》は、ぎゅっと右手《みぎて》で腕時計《うでどけい》をにぎりながら、外《そと》へ飛《と》びだした。

11 健《けん》太《た》のドジ

「すっごい！　健《けん》太《た》くん、それどうやってるの!?」

浅《あさ》見《み》がお腹《なか》を抱《かか》えて笑《わら》う。健《けん》太《た》は、わざときりりと顔《かお》を引《ひ》きしめて言《い》った。

「日々《ひび》の練習《れんしゅう》のたまものよ！　これでも、練習《れんしゅう》するのはけっこう大変《たいへん》なんだから！」

もちろん、手元《てもと》にはマイク代《が》わりの筆箱《ふでばこ》も完全装備《かんぜんそうび》だ。

「すごい、本当《ほんとう》に浅《あさ》見《み》さんの声《こえ》みたいだね……」

音声《おんせい》の西村《にしむら》が、マイクを健《けん》太《た》に向《む》けながら、感心《かんしん》したようにうなずく。

プロの音声《おんせい》さんにほめられるのは、すごくうれしいなあ。

光一《こういち》に、「健《けん》太《た》は浅《あさ》見《み》さんのインタビューをわざと受《う》けて、おれたちが見《み》つからないように、時間《じかん》かせぎをしてくれ」って言《い》われたけど。

今回《こんかい》は全然危《ぜんぜんあぶ》なくないし、すっごくいい役《やく》かも！

「あーあ、もう一年分《ねんぶん》くらい笑《わら》っちゃったわ」

浅見《あさみ》は、苦《くる》しそうになりながらも、息《いき》を整《ととの》える。突然《とつぜん》、健太《けんた》に向《む》かって目《め》をらんらんと輝《かがや》かせた。

「ところで、健太《けんた》くん、その声《こえ》まねの特技《とくぎ》って、いろんなことに使《つか》えそうね」

「いろんなこと？」

「例《たと》えば、人《ひと》を別《べつ》のところへ誘導《ゆうどう》したり油断《ゆだん》を誘《さそ》ったり。ね？」

「ええええ、ええっと……」

もしかして、これってまた前《まえ》の事件《じけん》のこと探《さぐ》られてる!?

光一《こういち》には、絶対《ぜったい》に話《はな》すなよって言《い》われてるんだけど。

「あはは、でも、ぼくそういうの、あんまり思《おも》いつかないし……」

「そう？　光一《こういち》くんだったらたくさん、アイディアが出《だ》せるんじゃない？」

「どっ、どうかなあ……」

なんか、浅見《あさみ》さんの目《め》がヘビみたいになってるよお〜。

健太《けんた》は、横目《よこめ》でちらっと壁《かべ》にかかった時計《とけい》を見《み》る。

光一《こういち》に言《い》われた時間《じかん》まで、あともうちょっとあるんだけど……。

「ぼく、えっと、そろそろ帰《かえ》ろうかな」

「そんな！　もっともっとインタビューさせてくれてもいいのよ!?」

「だだだ、だいじょうぶです！」

これ以上一人《いじょうひとり》で話《はな》してると、ぼく、絶対《ぜったい》ボロが出《で》るよ！

健太《けんた》は、急《いそ》いでバッグを背負《せお》うと、逃《に》げるようにドアに飛《と》びついた。

「それじゃあ、また明日《あした》！」

「あ、健太《けんた》くん！」

浅見《あさみ》が立《た》ちあがる前《まえ》に、取材用《しゅざいよう》に使《つか》われている家庭科準備室《かていかじゅんびしつ》から飛《と》びだす。

外《そと》に出《で》ると、閉《し》めたばかりのドアに耳《みみ》を当《あ》てて、そっと盗《ぬす》み聞《ぎ》きした。

ごそごそと、浅見《あさみ》たちの話《はな》し声《ごえ》はするものの、追《お》ってくる気配《けはい》はない。

「あーあ、よかった。これで、とりあえず、ぼくの役目《やくめ》は終《お》わりかな？」

健太《けんた》は、廊下《ろうか》から窓《まど》の外《そと》を見《み》る。だんだん日《ひ》が落《お》ちてきたのか、空《そら》が少《すこ》しだけ暗《くら》くなり始《はじ》めていた。

今《いま》ごろ、光一《こういち》たちは細谷《ほそや》さんを捕《つか》まえてるころかな？

「ぼくも、手伝《てつだ》いに行《い》ったほうがいいかなあ。でも、浅見《あさみ》さんの足止《あしど》めを途中《とちゅう》であきらめたのが、みんなにバレちゃうし……」

どうしようかなあ……。

光一《こういち》のまねをして腕組《うでぐ》みをする。う～んと、うなりながら考《かんが》えこんだ。

「そうだ！」

健太《けんた》は声《こえ》を上《あ》げると、非常階段《ひじょうかいだん》に向《む》かって走《はし》りだす。

浅見《あさみ》さんは今《いま》、家庭科準備室《かていかじゅんびしつ》にいる。

今《いま》のうちに、浅見《あさみ》さんの秘密《ひみつ》をぼくが見《み》つけたら、みんなびっくりするんじゃないかなあ！

そしたら、世界一《せかいいち》クラブも守《まも》れるかもしれないし。

うんうんうん、いいアイディアかも！

健太《けんた》は、スキップをしながら、近道《ちかみち》の非常階段《ひじょうかいだん》を下《お》りる。

一階《かい》の職員室《しょくいんしつ》の横《よこ》に下《お》りると、そのまま外《そと》へ出《で》た。

「ええっと、たしかこのへんに……あった！」

職員用《しょくいんよう》の玄関《げんかん》の前《まえ》に、大《おお》きな車《くるま》が停《と》まっている。撮影《さつえい》スタッフが使《つか》っている、業務用《ぎょうむよう》の車《くるま》だ。

「だれもいないのかな……？」

おそるおそる車《くるま》に近《ちか》づく。横《よこ》にスライドする真《ま》ん中《なか》のドアが、大《おお》きく開《あ》いていた。

中《なか》をのぞきこむと、一番後《いちばんうし》ろの荷物《にもつ》をのせるスペースには、あいかわらず、たくさんの物《もの》がつめこまれている。棚《たな》を作《つく》るためのポールや、大《おお》きなマイクがにょきっと突《つ》きだしていた。

「えーっと、あれはなんだろ。前《まえ》の撮影《さつえい》で使《つか》った小道具《こどうぐ》かな？　わっ！　着替《きが》えまである。泊《と》まりこみで仕事《しごと》するんだあ。あ！　お弁当《べんとう》も入《はい》ってる。みんなの夜食《やしょく》かなあ。テレビ局《きょく》の人《ひと》って、大変《たいへん》なんだなあ」

はあ、お腹《なか》すいてきたなあ……。

お弁当《べんとう》のにおいが、ふわっと漂《ただよ》ってくる。

健太《けんた》の気持《きも》ちに反応《はんのう》するみたいに、ぐーっとお腹《なか》が大《おお》きく鳴《な》った。

「お腹《なか》すいたし、みんなと合流《ごうりゅう》して帰《かえ》ろっかな……」

健太《けんた》は、がっくりと肩《かた》を落《お》とす。校舎《こうしゃ》へ戻《もど》ろうとしたとき、座席《ざせき》の下《した》に落《お》ちているファイルが、ちらりと目《め》に入《はい》った。

『徳川光一《とくがわこういち》　調査書《ちょうさしょ》』

少《すこ》しだけはみだした紙《かみ》には、しっかりとそう書《か》いてある。

あれ？　よく見《み》ると、すみれのも……ぼくのもある！

「これ、もしかして浅見《あさみ》さんがぼくたちについて、書《か》いたやつかな!?」

ふっふっふ、これなら絶対《ぜったい》に光一《こういち》も驚《おどろ》くね！

健太《けんた》は、きょろきょろと辺《あた》りを見《み》まわす。

ごめんなさい！　ちょっと見《み》るだけだから〜。

人《ひと》がいないことを確認《かくにん》してから、健太《けんた》はそっとドアから足《あし》を踏《ふ》みいれた。

車内《しゃない》の後《うし》ろにある荷物《にもつ》スペースに入《はい》ると、ファイルを拾《ひろ》いあげる。車《くるま》の中《なか》で、思《おも》わずにんまりした。

えーっと、なになに？　光一《こういち》の好《す》きな食《た》べ物《もの》、苦手《にがて》なもの……。

好《この》みのタイプ？

バン!!

「……え？」

急《きゅう》に、車《くるま》の中《なか》が薄暗《うすぐら》くなった。

あわてて振《ふ》りむくと、スライド式《しき》のドアがしっかりと閉《し》まっている。

「え、ええええ!?」

車《くるま》の前方《ぜんぽう》から、バタンバタンとせわしない音《おと》が聞《き》こえる。運転席《うんてんせき》に、だれかが座《すわ》っていた。エンジンをかける音《おと》がしたかと思《おも》った瞬間《しゅんかん》、車《くるま》ががくんとゆれる。

「わあっ」

思《おも》わず、車《くるま》の中《なか》をごろごろと転《ころ》がる。一番後《いちばんうし》ろのドアに、どんと頭《あたま》を打《う》ちつけた。

「あいたた……」

健太《けんた》は頭《あたま》にできたたんこぶをさすりながら、顔《かお》を上《あ》げる。

ガラス面《めん》から外《そと》をのぞくと、昇降口《しょうこうぐち》から走《はし》ってくる光一《こういち》の姿《すがた》が見《み》えた。

「あっ、光一《こういち》だ！」

光一《こういち》に向《む》かって、精《せい》いっぱい手《て》を振《ふ》る。

目《め》が合《あ》った瞬間《しゅんかん》、光一《こういち》がぎょっとした顔《かお》をした。後《うし》ろにいたすみれといっしょに、全力《ぜんりょく》で追《お》いかけてくる。

大声《おおごえ》で何《なに》かを言《い》っているけれど、窓《まど》が閉《し》まっているから、声《こえ》がよく聞《き》こえない。

あっ、そうだそうだ。こんなときこそ、練習《れんしゅう》した読唇術《どくしんじゅつ》！

健太《けんた》は、じっと光一《こういち》のくちびるに目《め》をこらす。

ええっと、なになに？

『降《お》、り、ろ！』

「え」

『運《うん》、転《てん》、席《せき》、に、窃《せっ》、盗《とう》、犯《はん》、が、乗《の》、っ、て、る』

「えええ〜〜〜〜!?」

運転席《うんてんせき》をもう一度《いちど》確認《かくにん》しようとした瞬間《しゅんかん》、車《くるま》がぐっとスピードを上《あ》げた。

バランスがくずれて、荷物《にもつ》に倒《たお》れこむ。なんとかはいあがって、もう一度《いちど》窓《まど》から外《そと》を見《み》ると、光一《こういち》とすみれが、すっかり遠《とお》くなっていた。

正門《せいもん》を抜《ぬ》けた車《くるま》は、そのまま道路《どうろ》を信号無視《しんごうむし》ギリギリのタイミングで走《はし》りぬけていく。

「こここっ、光一《こういち》〜〜〜〜〜!」

「だれだ!?」

運転席《うんてんせき》から鋭《するど》い声《こえ》がする。振《ふ》りかえると、バックミラー越《ご》しに、ぎらついた瞳《ひとみ》と目《め》が合《あ》った。

あれは……もしかして、アシスタントディレクターの細谷《ほそや》さん!?

細谷《ほそや》の目《め》が、さらに厳《きび》しくにらみつけてくる。健太《けんた》は、あわわと荷物《にもつ》の上《うえ》で震《ふる》えあがった。

「なんでこんなところにいるんだ!!」

「ええっと、それは……」

……みんなをびっくりさせるのには、成功《せいこう》したけど。

「ドジやっちゃったみたい……」

健太《けんた》は、転《ころ》がってきたお弁当《べんとう》の袋《ふくろ》を抱《だ》いて、顔《かお》をひくつかせた。

12 昨日《きのう》の敵《てき》は、今日《きょう》も敵《てき》？

健太《けんた》が車《くるま》に乗《の》せられて姿《すがた》を消《け》してから、一時間《じかん》。

すみれとクリスは、先生《せんせい》たちに事情《じじょう》を説明《せつめい》しに行《い》っている。

まだ、さっき聞《き》いてから十分《ぷん》しかたってないけど……。

光一《こういち》は職員室前《しょくいんしつまえ》の花壇《かだん》から立《た》ちあがる。薄暗《うすくら》がりの中《なか》で、途方《とほう》に暮《く》れる撮影《さつえい》スタッフに近《ちか》づいた。

「どうですか？　細谷《ほそや》さんの携帯電話《けいたいでんわ》、つながりましたか？」

「だめだ。仕事用《しごとよう》の携帯《けいたい》に何度《なんど》もかけてるんだけど、全然《ぜんぜん》つながらない。多分《たぶん》、電源《でんげん》を切《き》ってるんだと思《おも》う」

「細谷《ほそや》さんの、私物《しぶつ》の携帯電話《けいたいでんわ》の番号《ばんごう》は？」

「おれは知《し》らないんだよ。だれか、知《し》ってるか？」

ディレクターの角田《かくた》が、他《ほか》のスタッフに声《こえ》をかける。けれど、みんなそろって首《くび》を横《よこ》に振《ふ》った。

「さあ。休《やす》みの日《ひ》に会《あ》うほど、仲《なか》もよくなかったし……浅見《あさみ》さんなら、わかるかもしれないけど」

「浅見《あさみ》さんは、今《いま》どこに？」

「テレビ局《きょく》の上司《じょうし》と電話《でんわ》をしてるよ。大問題《だいもんだい》だしね」

細谷《ほそや》さんの携帯電話《けいたいでんわ》の番号《ばんごう》は、勤務《きんむ》しているテレビ局《きょく》になら、登録《とうろく》されているかもしれない。

浅見《あさみ》さんに頼《たの》みこめば、何《なん》とか調《しら》べてもらえるかもしれないけど。

そんなことを考《かんが》えこんでいると、背後《はいご》から、とんと肩《かた》に手《て》を置《お》かれる。

また、風早《かぜはや》か？

こんなときにまで、おどかすなよ。

光一《こういち》は、はあっとため息《いき》をつきながら、後《うし》ろを振《ふ》りむいた。

「風早《かぜはや》。だから、先《さき》に声《こえ》をかけろって——」

「また、きみか」

和馬《かずま》のものより、もっと低《ひく》い声《こえ》。かぶさる影《かげ》も、子《こ》どものものじゃない。

まさか……！

「風早警部《かぜはやけいぶ》！」

目《め》が合《あ》った瞬間《しゅんかん》、鋭《するど》い眼光《がんこう》に射《い》ぬかれる。

スーツ姿《すがた》の風早警部《かぜはやけいぶ》が、くっきりと眉間《みけん》にしわを寄《よ》せて、光一《こういち》を見下《みお》ろしていた。

後《うし》ろには、困《こま》ったように苦笑《にがわら》いをしている、今井刑事《いまいけいじ》も見《み》える。

「なんで、学校《がっこう》に……」

「テレビ局《きょく》から、通報《つうほう》があったんだ。事件性《じけんせい》があるかはわからないが、撮影《さつえい》スタッフが子《こ》どもを乗《の》せたまま連絡《れんらく》が取《と》れなくなったので、いちおう調《しら》べてほしいと」

ちらりと、校舎《こうしゃ》の向《む》こうを見《み》る。いつの間《ま》にか、一台《だい》だけパトカーが停《と》まっていた。

「きみこそ、こんなところで何《なに》をしている。早《はや》く、家《いえ》に帰《かえ》りなさい」

風早警部《かぜはやけいぶ》が、疑《うたが》わしそうに光一《こういち》を見《み》つめる。光一《こういち》は、思《おも》わず背筋《せすじ》を伸《の》ばした。

やっぱり、父親《ちちおや》だけあって、ちょっと風早《かぜはや》と似《に》てるな。威圧感《いあつかん》は、こっちのほうが上《うえ》だけど。

「おれは和馬《かずま》の友《とも》だちで、徳川光一《とくがわこういち》といいます。その、今《いま》、細谷《ほそや》さんと車《くるま》に乗《の》っている、八木健《やぎけん》太《た》の……親友《しんゆう》なんです」

「あれ、光一《こういち》くんってもしかして？」

風早警部《かぜはやけいぶ》の後《うし》ろで、話《はなし》を聞《き》いていた今井刑事《いまいけいじ》が、ぽんと手《て》を打《う》った。

「聞《き》いたことがあるよ。ものすごくかしこい、世界一《せかいいち》の天才少年《てんさいしょうねん》だって」

「世界一《せかいいち》の、天才少年《てんさいしょうねん》……？」

光一《こういち》は、さらに深《ふか》くなった風早警部《かぜはやけいぶ》の眉間《みけん》のしわを見《み》つめる。ふっと息《いき》をはいて心《こころ》を落《お》ちつけると、一歩《いっぽ》、警部《けいぶ》に近《ちか》よった。

「風早警部《かぜはやけいぶ》。警察《けいさつ》の捜査《そうさ》は、どこまで進《すす》んでいるんですか？　もう、何《なに》か情報《じょうほう》はつかんでるんですか？」

「徳川《とくがわ》くん。きみには、教《おし》えられない。それは、きみだってよくわかっているはずだ」

光一《こういち》は、ぐっと唇《くちびる》をかむ。それでも、強《つよ》い意志《いし》を込《こ》めて、風早警部《かぜはやけいぶ》を見上《みあ》げた。

車《くるま》で逃走《とうそう》している細谷《ほそや》を捕《つか》まえるには、早《はや》く動《うご》く必要《ひつよう》がある。

今《いま》は、少《すこ》しでも——情報《じょうほう》がほしい。

「どうしても、健太《けんた》がどうなっているか、知《し》りたいんです」

「きみに、それを教《おし》えたところで、どうなるわけでもないだろう」

「そうかもしれません。でも、何《なに》かできることがあるかもしれない。だから、どうしても知《し》りたいんです」

「父《とう》さん、オレからも頼《たの》む」

後《うし》ろから、力強《ちからづよ》い声《こえ》が聞《き》こえる。

驚《おどろ》いて振《ふ》りかえる前《まえ》に、和馬《かずま》がすぐ隣《となり》まで来《き》ていた。

「和馬《かずま》」

風早警部《かぜはやけいぶ》が、わずかに目《め》を見開《みひら》いて、名前《なまえ》をつぶやく。けれど、すぐにいつもの険《けわ》しい顔《かお》に戻《もど》った。

和馬《かずま》も、まっすぐに風早警部《かぜはやけいぶ》を見《み》つめる。

二人《ふたり》の間《あいだ》で、一瞬《いっしゅん》火花《ひばな》が散《ち》ったような気《き》がした。

「お願《ねが》いだ。徳川《とくがわ》に、オレたちにも、捜査状況《そうさじょうきょう》を教《おし》えてくれ」

「和馬《かずま》、自分《じぶん》が何《なに》を言《い》ってるのか、わかってるのか？」

「わかってる。でも、オレは――間違《まちが》ったことは言《い》ってない」

和馬《かずま》の真剣《しんけん》な答《こた》えに、風早警部《かぜはやけいぶ》の片眉《かたまゆ》が、ぴくりと動《うご》いた。

この二人《ふたり》がにらみあってるの、恐《おそ》ろしいな。

も、もしかして、仲悪《なかわる》いのか？

光一《こういち》は、ちらりと今井刑事《いまいけいじ》に視線《しせん》を送《おく》る。

今井刑事《いまいけいじ》は、風早警部《かぜはやけいぶ》と和馬《かずま》の顔《かお》を見《み》くらべると、とりなすように、おそるおそる前《まえ》に出《で》た。

「ええっと、ほら。いいじゃないですか、警部《けいぶ》。二人《ふたり》もこんなに頼《たの》んでるんだし……」

「今井《いまい》、少《すこ》し黙《だま》っていろ」

「はいぃぃ！」

風早警部《かぜはやけいぶ》は和馬《かずま》から目《め》を外《はず》すと、足音《あしおと》もなく光一《こういち》につめよる。威圧感《いあつかん》のこもった目《め》で、じっと見下《みお》ろした。

だから、また顔《かお》が近《ちか》いって！

「……一つ、言《い》っておく」

光一《こういち》と和馬《かずま》は、緊張《きんちょう》でごくりとつばを飲《の》む。風早警部《かぜはやけいぶ》の渋《しぶ》い声《こえ》が、二人《ふたり》の上《うえ》に降《ふ》りそそいだ。

「私《わたし》は前回《ぜんかい》、きみたちが警察《けいさつ》にかくれて何《なに》をやったのか、だいたい知《し》っている」

え。

……うそだろ!?

光一《こういち》は、ばっと和馬《かずま》と顔《かお》を見《み》あわせる。和馬《かずま》も、いつも感情《かんじょう》の見《み》えない瞳《ひとみ》を、はっきりと見開《みひら》いていた。

「えっと、おれたちは別《べつ》に――」

「しらばっくれてもむだだ。和馬《かずま》、おまえがあの日《ひ》、出《で》かけていたのも知《し》っている」

「それは、姉《ねえ》――」

和馬《かずま》が、ばっと自分《じぶん》の口《くち》を押《お》さえる。

たしかに、前回《ぜんかい》の事件《じけん》のときは、風早《かざはや》の姉《あね》の美雪《みゆき》さんがごまかしてくれたはずだけど。

「この私《わたし》が、そんな簡単《かんたん》にごまかされるわけがないだろう。美雪《みゆき》もまだまだだな」

二人《ふたり》が驚《おどろ》いた様子《ようす》を見《み》て、風早警部《かざはやけいぶ》は、ふんと鼻《はな》を鳴《な》らす。ぐっと、光一《こういち》の肩《かた》をつかんで言《い》った。

「あんまり、私《わたし》のことをあまく見《み》ないことだ。それと、犯人《はんにん》もな」

犯人《はんにん》？

風早警部《かざはやけいぶ》は、光一《こういち》から手《て》を放《はな》すと、すばやく背《せ》を向《む》けた。

「今井《いまい》、行《い》くぞ」

「ええっ！　はっ、はい」

とまどう今井刑事《いまいけいじ》を連《つ》れて、風早警部《かざはやけいぶ》が職員室《しょくいんしつ》へと歩《ある》きさっていく。

光一《こういち》は、じっと警部《けいぶ》が入《はい》っていった入り口《いぐち》を見《み》つめた。

風早警部《かぜはやけいぶ》のことをあまく見《み》るなっていうのは、おれたちの行動《こうどう》を見《み》てるっていう牽制《けんせい》だ。

でも、犯人《はんにん》をあまく見《み》るなっていうのは……どういうことだ？

和馬《かずま》が、ほんのかすかに肩《かた》を下《さ》げながら、撮影《さつえい》スタッフのほうへ戻《もど》ろうとする。動《うご》かない光一《こういち》を、足《あし》を止《と》めて振《ふ》りかえった。

「徳川《とくがわ》。行《い》こう」

「いや、ちょっと待《ま》ってくれ」

『犯人《はんにん》を、あまく見《み》るな』

それは、つまり。

光一《こういち》は、すっと手《て》を伸《の》ばして職員用《しょくいんよう》の玄関《げんかん》を指《ゆび》さしてみせる。ちょうど、ばたばたとスーツ姿《すがた》の男《おとこ》が飛《と》びだしてくるところだった。

……今井刑事《いまいけいじ》だ！

「二人《ふたり》とも、まだいたんだね！　ちょっと、こっちへ」

今井刑事《いまいけいじ》は、和馬《かずま》と光一《こういち》の姿《すがた》を見《み》つけると、はあはあと息《いき》を切《き》らせながら駆《か》けよってくる。

二人《ふたり》を連《つ》れて校舎《こうしゃ》を回《まわ》りこみ、職員室《しょくいんしつ》から見《み》えないところまで来《く》ると、声《こえ》をひそめて言《い》った。

「捜査状況《そうさじょうきょう》を、少《すこ》しだけ教《おし》えてあげるよ。まあ、まだ警察《けいさつ》でも大《たい》したことはわかってないんだけど……」

「いいんですか!?」

光一《こういち》は、和馬《かずま》と顔《かお》を見《み》あわせる。今井刑事《いまいけいじ》は、しーっ、静《しず》かに！　と慌《あわ》てて口《くち》に指《ゆび》をあてた。

「まあその、ホントはだめなんだけど」

「でも、父《とう》さんから今井刑事《いまいけいじ》が怒《おこ》られるんじゃや――」

「多分《たぶん》、それはだいじょうぶだと思《おも》う。さっき、職員室《しょくいんしつ》に行《い》ったら、風早警部《かざはやけいぶ》にこう指示《しじ》されたんだ」

今井刑事《いまいけいじ》が、ふんとふんぞりかえる。顔《かお》をぎゅっとしかめて渋《しぶ》い表情《ひょうじょう》を作《つく》ると、低《ひく》い作《つく》り声《ごえ》で言《い》った。

「『もしも、まだ外《そと》に協力者《きょうりょくしゃ》がいれば、情報交換《じょうほうこうかん》をしてこい』ってね」

……全然《ぜんぜん》、風早警部《かざはやけいぶ》には似《に》てない。

光一《こういち》は、ちょっとだけ吹《ふ》きだした。

もしかして、風早警部《かざはやけいぶ》も、おれたちのこと、少《すこ》しは認《みと》めてくれたのか？

「警部《けいぶ》も、風早《かざはや》と似《に》て素直《すなお》じゃないよな」

いや、似《に》たのは風早《かぜはや》か。

「何《なに》か言《い》ったか？」

「何《なん》でもない」

二人《ふたり》が話《はな》す様子《ようす》を、にこにこと見《み》ていた今井刑事《いまいけいじ》が、ポケットから手帳《てちょう》を取《と》りだす。

「あ！　でも、もちろん危《あぶ》ないことはだめだからね。気《き》がついたことがあれば、自分《じぶん》たちで動《うご》かずに、すぐに警察《けいさつ》に連絡《れんらく》すること。いいね」

「――はい」

これは、とりあえずわかったふりをしておこう。

今井刑事《いまいけいじ》が、使《つか》いこまれた手帳《てちょう》を開《ひら》く。光一《こういち》は、その手帳《てちょう》に、一番《いちばん》の集中力《しゅうちゅうりょく》で目《め》を走《はし》らせた。

13 いちばん大事《だいじ》なもの

職員室《しょくいんしつ》の中《なか》を、先生《せんせい》たちがせわしなく行《い》ったり来《き》たりしている。

光一《こういち》は、人目《ひとめ》をさけて校舎《こうしゃ》のかげに入《はい》る。すみれ、クリス、和馬《かずま》の顔《かお》を順《じゅん》に見《み》まわした。

「すみれとクリスは、あれから何《なに》か情報《じょうほう》を聞《き》けたか？」

光一《こういち》は、持《も》っていたノートを開《ひら》いて、ペンを取《と》りだす。すみれが、興奮《こうふん》した調子《ちょうし》で話《はな》しだした。

「あたしたち、撮影《さつえい》スタッフの人《ひと》たちに、何《なに》か思《おも》い当《あ》たることがないか聞《き》いてまわったの。そしたら、カメラマンのえーっと、何《なに》さんだっけ？」

「カメラマンの辻《つじ》さんが、細谷《ほそや》さんには、借金《しゃっきん》があったんじゃないかって……」

おぼつかないすみれに続《つづ》けて、クリスが静《しず》かに言《い》った。

「借金《しゃっきん》？」

「辻《つじ》さんと細谷《ほそや》さんは、よく浅見《あさみ》さんの撮影《さつえい》でいっしょだったみたいなの。それで、前《まえ》の取材《しゅざい》のとき、泊《と》まりがけで山奥《やまおく》の秘境《ひきょう》に撮影《さつえい》に行《い》ったらしくて……」

「そうそう、『至高《しこう》の毒《どく》キノコを求《もと》めて三千里《さんぜんり》』ってヤツ」

……どんなテレビ番組《ばんぐみ》だ？

「それで、山中《さんちゅう》でテント泊《はく》をしたときに、細谷《ほそや》さんの携帯電話《けいたいでんわ》に夜中《よなか》、電話《でんわ》がかかってきたらしいわ。半分目《はんぶんめ》を覚《さ》ましていた辻《つじ》さんは、会話《かいわ》を聞《き》いてしまったの」

「細谷《ほそや》さんは、『すみません、返済《へんさい》はもう少《すこ》し待《ま》ってください』って謝《あやま》ってたって」

その返済《へんさい》のために、寄付金《きふきん》を盗《ぬす》もうとしたってことか。一千万《まん》あればかなりの足《た》しになるし。

光一《こういち》は、ノートにペンを走《はし》らせる速度《そくど》を上《あ》げる。

黙《だま》ったままノートに書《か》きこむ光一《こういち》に、すみれがむっとして口《くち》を開《ひら》いた。

「結局《けっきょく》、細谷《ほそや》さんと健太《けんた》は今《いま》どこにいるの？　警察《けいさつ》から何《なに》か聞《き》けた!?」

「落《お》ちつけって。おれたちは、今井刑事《いまいけいじ》から警察《けいさつ》の捜査状況《そうさじょうきょう》を聞《き》いてきた。警察《けいさつ》も、テレビ局《きょく》から通報《つうほう》を受《う》けて、いちおう車《くるま》の捜索《そうさく》を始《はじ》めてる。でも、今《いま》のところ足《あし》どりはつかめてない」

「車《くるま》のナンバーから調《しら》べたりできないの？」

「警察《けいさつ》は、道路《どうろ》での自動車《じどうしゃ》ナンバー自動読取装置《じどうよみとりそうち》を導入《どうにゅう》してるけど、全《すべ》てをカバーしてるわけじゃない。それに、まだ誘拐事件《ゆうかいじけん》だと決《き》まったわけじゃないから、動《うご》きづらいと思《おも》う。細谷《ほそや》さんが、健太《けんた》の身代金《みのしろきん》を要求《ようきゅう》したわけでもないからな」

「でも、普通《ふつう》は健太《けんた》が乗《の》っていると気《き》づいた時点《じてん》で、健太《けんた》だけ車《くるま》から降《お》ろすはず……よね？」

クリスが、小《ちい》さな声《こえ》でおそるおそる発言《はつげん》する。光一《こういち》は、困《こま》ったようにはーっと息《いき》をはいた。

「おれたちが、細谷《ほそや》さんがお金《かね》を盗《ぬす》もうとしていたことを、警察《けいさつ》に話《はな》すと思《おも》ってるんだろう。警《けい》察《さつ》も、細谷《ほそや》さんの借金《しゃっきん》の情報《じょうほう》はもうつかんでるはずだから、身代金目的《みのしろきんもくてき》の誘拐《ゆうかい》だと予想《よそう》するだろうしな」

「じゃあ、ますます健太《けんた》が危《あぶ》ないってことじゃん！　早《はや》く、助《たす》けに行《い》かないと」

すみれが、ぐいと光一《こういち》の腕《うで》をつかむ。

光一《こういち》は、パタンとノートを閉《と》じて、三人《にん》の顔《かお》を順《じゅん》に見《み》まわした。

「健太《けんた》を助《たす》ける方法《ほうほう》は、ある」

「ホント!?」

「でも、今回《こんかい》はけっこうキツい。事前準備《じぜんじゅんび》はできないから、でたとこ勝負《しょうぶ》だ。それに、もしかしたら、世界一《せかいいち》クラブの秘密《ひみつ》が――もれるかもしれない」

「そう……なの？」

クリスが、落《お》ちつきなく手《て》を組《く》みかえる。光一《こういち》は、クリスの不安《ふあん》そうな顔《かお》を見《み》つめて、うなずいた。

「それでも、おれは健太《けんた》を助《たす》けたいんだ。絶対《ぜったい》に」

光一《こういち》は、さっと頭《あたま》を下《さ》げる。

「だから、頼《たの》む。みんな、おれに力《ちから》を貸《か》してくれ」

おれ一人《ひとり》じゃ、健太《けんた》を助《たす》けることはできない。

でも、みんなが協力《きょうりょく》してくれれば――！

「……当《あ》たり前《まえ》じゃない」

あたりに、いつもとは違《ちが》うクリスの大《おお》きな声《こえ》が響《ひび》いた。顔《かお》を上《あ》げると、クリスが真剣《しんけん》な顔《かお》で手《て》をぎゅっとにぎっていた。

「わたしだって、健太《けんた》とはもう友《とも》だちだもの。健太《けんた》を助《たす》けるために、わたしにできることがあるなら……なんだってやるわ」

「そうそう！　今度《こんど》こそ、細谷《ほそや》さんはあたしがカンペキにぶっ飛《と》ばすからさ！」

すみれが、両手《りょうて》でぐっと拳《こぶし》をにぎる。和馬《かずま》が、ちらりと光一《こういち》を見《み》ながらつぶやいた。

「……オレたちは五人《にん》で世界一《せかいいち》クラブなんだろう？」

「ああ、そうだな」

光一《こういち》は、しっかりとうなずいた。

助《たす》けよう。みんなで、健太《けんた》を。

「よし！　すぐに動《うご》こう。細谷《ほそや》さんの車《くるま》が遠《とお》くへ行《い》く前《まえ》に、しかけたい」

光一《こういち》は、校舎《こうしゃ》のかげから出《で》ると、足早《あしばや》に歩《ある》きだす。三人《にん》が、光一《こういち》の急《きゅう》な動《うご》きに驚《おどろ》きながらも、すぐに続《つづ》いた。

「その、具体的《ぐたいてき》にどうやって健太《けんた》を助《たす》けるの？　犯人《はんにん》は、車《くるま》で移動《いどう》してる。わたしたち、車《くるま》の運《うん》転《てん》なんてできないし……」

「そもそも、健太《けんた》がどこにいるかもわかってないじゃん！」

「だいじょうぶだ。両方《りょうほう》を解決《かいけつ》する方法《ほうほう》がある」

あんまり、この人《ひと》とは手《て》を組《く》みたくないんだけど。

今《いま》は、これが一番早《いちばんはや》く車《くるま》に追《お》いつける方法《ほうほう》だ。

光一《こういち》は、まっすぐ職員室《しょくいんしつ》の前《まえ》に停《と》まっている車《くるま》に向《む》かう。

スポーツタイプの赤《あか》い車《くるま》の運転席《うんてんせき》に、女《おんな》の人《ひと》が腰《こし》かけている。携帯電話《けいたいでんわ》に向《む》かって、大《おお》きな声《こえ》でしゃべり続《つづ》けていた。

「だから、細谷《ほそや》くんが勝手《かって》に車《くるま》を持《も》ってっちゃって……連絡《れんらく》がつくなら、わたしがとっくにつけてますってば！」

「あれは……」

後《うし》ろからついてきたクリスが、その顔《かお》を見《み》て絶句《ぜっく》する。

光一《こういち》は、表情《ひょうじょう》を引《ひ》きしめると、浅見《あさみ》に向《む》かって進《すす》みでた。

「でも、誘拐《ゆうかい》かは、まだわからないし……って、光一《こういち》くん!?」

浅見《あさみ》が、携帯電話《けいたいでんわ》を手《て》で押《お》さえながら、大声《おおごえ》を上《あ》げる。また後《あと》で連絡《れんらく》しますと言《い》って、ピッと電話《でんわ》を切《き》った。

「何《なに》かしら? 今忙《いまいそが》しいから、大事《だいじ》な話《はなし》じゃないなら、後《あと》にしてくれる?」

「浅見《あさみ》さん。おれたちは、健太《けんた》を助《たす》けたいんです。だから、協力《きょうりょく》してくれませんか?」

「うーん。協力《きょうりょく》してあげたいのはやまやまだけど、大人《おとな》は簡単《かんたん》に動《うご》いてあげられないわ。それなりの、見返《みかえ》りがないとね」

「協力《きょうりょく》してもらえたら、健太《けんた》を助《たす》けだすところが、スクープできるかもしれませんよ」

「えっ、本当《ほんとう》!? それって、もしかして!?」

浅見《あさみ》が、きらきらとした目《め》で光一《こういち》を見上《みあ》げる。光一《こういち》は、あきらめたように少《すこ》しだけ笑《わら》った。

「浅見《あさみ》さんには、負《ま》けました。おれが浅見《あさみ》さんに、特大《とくだい》スクープをプレゼントします」

「光一《こういち》!?」

「徳川《とくがわ》、本気《ほんき》か!?」

すみれと和馬《かずま》の声《こえ》に応《こた》えずに、光一《こういち》はまっすぐに浅見《あさみ》だけを見《み》る。

浅見《あさみ》は、ぱあっと顔《かお》を輝《かがや》かせると、車《くるま》からいきおいよく立《た》ちあがった。

「ありがとう、光一《こういち》くん！　やっと認《みと》める気《き》になってくれたのね！　それじゃあ、がんばってわたしたちで健太《けんた》くんを助《たす》けだしましょう！」

「ただし、条件《じょうけん》があります」

「条件《じょうけん》？　なんでもいいわよ！　わたしのポケットマネーから、特大《とくだい》おこづかいだってあげちゃうわ！」

「健太《けんた》は、おれの作戦《さくせん》で助《たす》けだします。そのために、まず、新《あたら》しい撮影用《さつえいよう》の車《くるま》を手配《てはい》してもらえますか？」

「撮影用《さつえいよう》の車《くるま》？」

浅見《あさみ》が、行《い》き場《ば》をなくした撮影《さつえい》スタッフを、ちらりと見《み》た。

「まあ、それはいいけど。でも、撮影用《さつえいよう》の車《くるま》を呼《よ》んで、いったいどうするの？」

「それは……」

光一《こういち》は、気《き》まずい表情《ひょうじょう》で、後《うし》ろを振《ふ》りむく。

絶対《ぜったい》に、いやがられるのはわかってるんだけど……。

光一《こういち》は、緊張《きんちょう》した面持《おもも》ちのクリスを、申《もう》し訳《わけ》なさそうに見《み》つめる。光一《こういち》の視線《しせん》に気《き》づいて、クリスは首《くび》をかしげながら、自分《じぶん》の顔《かお》を指《ゆび》さした。

「わ……わたし？」

「いちおう、台本《だいほん》は書《か》いておいたから」

光一《こういち》は、さっき急《いそ》いで書《か》きつけたノートをクリスに差《さ》しだす。

クリスは、おそるおそる、ノートの1ページ目《め》をめくる。

数十秒後《すうじゅうびょうご》、中身《なかみ》を見《み》たクリスの甲高《かんだか》い悲鳴《ひめい》が、学校《がっこう》の敷地中《しきちじゅう》に響《ひび》きわたった。

「**こ……こんなの、無理《むり》————っ！**」

14 どきどき、生中継《なまちゅうけい》！

健太《けんた》は、お弁当《べんとう》の袋《ふくろ》を抱《かか》えたまま、後《うし》ろのガラス窓《まど》からこっそり顔《かお》を出《だ》した。

空《そら》は、いつの間《ま》にか真《ま》っ暗《くら》になっている。

……今《いま》、どこにいるんだろ。同《おな》じようなビルばっかりで、よくわからないよお。

「おい、頭《あたま》を引《ひ》っこめろ！」

大《おお》きな怒鳴《どな》り声《ごえ》がして、健太《けんた》はあわてて下《した》にしゃがみこむ。

振《ふ》りかえると、細谷《ほそや》がハンドルをにぎったまま、恐《おそ》ろしい顔《かお》でフロントガラスをにらんでいた。

ずるずると荷物《にもつ》の中《なか》に座《すわ》りこむ。お弁当《べんとう》のからあげの香《かお》りだけが、心《こころ》の支《ささ》えだ。

ぼく、どこに連《つ》れていかれちゃうんだろう。

なんとか、光一《こういち》に連絡《れんらく》しないと……。

おそるおそる、少《すこ》しだけ身《み》を乗《の》りだして、運転席《うんてんせき》の様子《ようす》を探《さぐ》る。

運転席《うんてんせき》のひじ置《お》きの上《うえ》に、二つの携帯電話《けいたいでんわ》がのっている。でも、ここからじゃ、手《て》は届《とど》きそうにない。

「ほっ……細谷《ほそや》さん、もう学校《がっこう》へ帰《かえ》ろうよ。今《いま》から戻《もど》れば、きっとみんな許《ゆる》してくれるよ。ぼくも、いっしょに謝《あやま》るからさ」

声《こえ》が小《ちい》さかったのか、細谷《ほそや》からの返事《へんじ》はない。

も、もう一回《いっかい》言《い》ってみたほうがいいかな……？

「ほほほ、ほら。このままだと、もっとタイヘンなことになるし、そろそろ学校《がっこう》に……」

「うるさい！　こっちは運転《うんてん》に集中《しゅうちゅう》してるんだ！」

わあっ、聞《き》こえてたんだ！

プルルルル
突然《とつぜん》、車《くるま》の中《なか》で鳴《な》りひびいた音《おと》に、健太《けんた》も細谷《ほそや》もびくりと体《からだ》を震《ふる》わせた。ハンドルが傾《かたむ》いて、がくんと車《くるま》が揺《ゆ》れる。

「わわわっ」

健太《けんた》は、顔《かお》から思《おも》いっきり車《くるま》の壁《かべ》にぶつかった。

ひじ置《お》きの上《うえ》で、二台《だい》の携帯電話《けいたいでんわ》が、ばんと跳《は》ねあがる。

細谷《ほそや》が、コンビニの駐車場《ちゅうしゃじょう》にすばやく車《くるま》を停《と》める。チカチカと着信《ちゃくしん》しているほうの携帯電話《けいたいでんわ》を、ひったくるように取《と》った。

……今《いま》なら、こっそり降《お》りられるかな？

健《けん》太《た》は、一番後《いちばんうし》ろの荷物《にもつ》スペースで立《た》ちあがる。ゆっくりと前《まえ》の座席《ざせき》に行《い》こうとしたとき、ポケットに入《い》れていたお菓子《かし》が、がさがさとこぼれ落《お》ちた。

「あーっ!!」

「静《しず》かにしろ！　ああっ、ちがう。こっちの話《はなし》で……」

細谷《ほそや》が、電話《でんわ》にかみつくように必死《ひっし》で話《はな》しかける。

……なんの話《はなし》をしてるのかなあ。

健《けん》太《た》は、お菓子《かし》を拾《ひろ》いながら、じっと耳《みみ》をそばだてた。

「とにかく、もう少《すこ》し待《ま》ってください！　まだ、金《かね》が……え、何《なん》だって。テレビ!?」

細谷《ほそや》が、あわてた様子《ようす》でカーナビのボタンを押《お》す。小《ちい》さな画面《がめん》に、テレビがぱっと映《うつ》った。


『みなさん、こんばんは』

明《あか》るくてかわいらしい声《こえ》とともに、画面《がめん》の真《ま》ん中《なか》に女《おんな》の子《こ》が姿《すがた》を現《あらわ》した。

目《め》を引《ひ》きつけられて、思《おも》わず息《いき》をのむ。

栗色《くりいろ》の髪《かみ》の毛《け》を、ふんわりと垂《た》らしている。普段《ふだん》の縁眼鏡《ふちめがね》はかけていない。

美少女《びしょうじょ》オーラ、全開《ぜんかい》だ。

「……くくく、クリスちゃん!?」

これって、生中継《なまちゅうけい》の番組《ばんぐみ》だよね？

どどど、どういうこと!?

健太《けんた》は思《おも》わず、ひええ……とつぶやいた。

なんだか、ちょっとだけクリスちゃんの顔《かお》が、ひきつってるような気《き》もするんだけど。

どうやら、三《み》ツ谷《や》小《しょう》から生中継《なまちゅうけい》しているらしい。映像《えいぞう》の奥《おく》に、学校《がっこう》の校舎《こうしゃ》がちらりと映《うつ》った。

健太《けんた》の心配《しんぱい》をよそに、画面《がめん》の中《なか》のクリスはお人形《にんぎょう》のような顔《かお》でにっこりと愛《あい》らしい笑《え》みを浮《う》かべる。その横《よこ》に、ひょっこりと浅見《あさみ》が飛《と》びだした。

『今日《きょう》は、特別《とくべつ》に番組《ばんぐみ》の構成《こうせい》を変更《へんこう》して、ニュースの合間《あいま》に超特番《ちょうとくばん》をお送《おく》りしております！　進《しん》行《こう》は、みなさんご存知《ぞんじ》、浅見《あさみ》カオルと……』

『日野《ひの》クリスです！』

『クリスちゃんが、今日《きょう》は特別出演《とくべつしゅつえん》です！　スペシャルプレゼントもありますから、視聴者《しちょうしゃ》のみなさん、ぜひチャンネルはこのままで！』

クリスは、手《て》を振《ふ》りながら画面《がめん》の脇《わき》に寄《よ》る。

『今日《きょう》の企画《きかく》は、題《だい》して、「大追跡《だいついせき》！　テレビ局《きょく》のバンを見《み》つけだせ！」。みなさんに探《さが》していただきたいのは——これです！』

クリスのかけ声《ごえ》とともに、画面《がめん》の真《ま》ん中《なか》に、一台《だい》の車《くるま》が大写《おおうつ》しになった。

あれ、この車《くるま》どこかで見《み》たことあるかも？

灰色《はいいろ》で角《かく》ばってて、大《おお》きめのバン。

画面《がめん》の中《なか》で、全体《ぜんたい》が見《み》えるように、車《くるま》がくるくると回転《かいてん》する。

そうそう、こんなふうに後《うし》ろが大《おお》きくて、荷物《にもつ》をたくさんつめる……。

「えええ!?　こここ、これって！」

「この車《くるま》じゃないか！」

細谷《ほそや》が、運転席《うんてんせき》で大声《おおごえ》を上《あ》げた。

画面《がめん》の中《なか》で、浅見《あさみ》は楽《たの》しそうに一歩《ぽ》、カメラに近《ちか》づいた。

『こちらの車《くるま》は、わがおおぞらTV《テレビ》の取材用《しゅざいよう》バンです。みなさんには、東京都近辺《とうきょうときんぺん》にいるはずのこの車《くるま》を、探《さが》していただきたいと思《おも》います！』

再《ふた》び、映像《えいぞう》が切《き》りかわって、二人《ふたり》の姿《すがた》がばんと映《うつ》しだされる。

仕事《しごと》をしている細谷《ほそや》の様子《ようす》と、へらっと笑《わら》っている男《おとこ》の子《こ》――。

「ぼくだ！」

『乗《の》っているのは、アシスタントディレクターの細谷《ほそや》さん。そしてもう一人《ひとり》は、ステージで見《み》たことがある方《かた》もいらっしゃるかもしれません。〈世界一《せかいいち》のエンターテイナー小学生《しょうがくせい》〉とも呼《よ》ばれている、八木健太《やぎけんた》くんです！　みなさん、お間違《まちが》えのないように』

浅見《あさみ》は、きりっとした顔《かお》でマイクをにぎりなおすと、画面《がめん》からはみだしそうなほどの勢《いきお》いでまくしたてた。

『車《くるま》を見《み》つけた方《かた》の中《なか》から抽選《ちゅうせん》でスペシャルプレゼント。わたしのポケットマネーから十万円《まんえん》をプレゼントします！』

「えええっ！」

「十万《まん》!?」

画面《がめん》の中《なか》で、車《くるま》の下《した》にメールアドレスが表示《ひょうじ》される。クリスが、それを真剣《しんけん》な顔《かお》で指《ゆび》さした。

『もし、この車《くるま》を見《み》かけたら、こちらへご連絡《れんらく》ください。よろしくお願《ねが》いします！』

『それでは、みなさまの情報《じょうほう》をお待《ま》ちしております。十万円《まんえん》は、いったいだれの手《て》に？　いったん、CM《シーエム》です！』

カメラが右《みぎ》に振《ふ》れて、浅見《あさみ》が大写《おおうつ》しになる。その奥《おく》に、見慣《みな》れた背中《せなか》がちらりと映《うつ》りこんだ。

……光一《こういち》だ！

よく考《かんが》えれば、クリスちゃんが自分《じぶん》でテレビに出《で》るはずがない。

これは、きっと光一《こういち》の作戦《さくせん》なんだ！

多分《たぶん》、ぼくを助《たす》けるための。

CM《シーエム》に入《はい》って、画面《がめん》から光一《こういち》の姿《すがた》がふっと消《き》える。細谷《ほそや》は、震《ふる》える手《て》で消音《しょうおん》ボタンを押《お》した。

車《くるま》の中《なか》が、さっきまでの騒《さわ》がしさから一転《いってん》して、しんと静《しず》まりかえる。

『……おい、聞《き》こえてるか』

タイミングを狙《ねら》ったかのように、携帯電話《けいたいでんわ》から低《ひく》い男《おとこ》の声《こえ》が響《ひび》く。不気味《ぶきみ》な笑《わら》い声《ごえ》が、健太《けんた》にもはっきりと聞《き》こえた。

『さっきテレビに映《うつ》ってたガキ。そいつも、見《み》つからないように、こっちに連《つ》れてこい』

「こんなガキ、じゃまなだけだ！　さっさと、どっかで捨《す》てて――」

『いや。おまえなんかより、よっぽど金《かね》になりそうだ。なんたって〈世界一《せかいいち》のエンターテイナー小学生《しょうがくせい》〉なんだろ』

……って、ぼくのこと!?

えええ！　ぼくんち、べつにお金《かね》持《も》ちじゃないんだけど！

身代金《みのしろきん》とか準備《じゅんび》できないよ!?

『そいつを連《つ》れてきたら、おまえの借金《しゃっきん》は特別《とくべつ》に減額《げんがく》してやる』

「ほ、本当《ほんとう》か!?」

細谷《ほそや》が、かすれた声《こえ》で叫《さけ》ぶ。男《おとこ》のばかにしたような笑《わら》い声《ごえ》が、電話《でんわ》から車内《しゃない》にこだました。

『さっさと連《つ》れてこい。その前《まえ》に、警察《けいさつ》やテレビ局《きょく》に見《み》つからないように、注意《ちゅうい》しろよ』

ブツッ、ツーツー……

電話《でんわ》が、あっけなく切《き》れる。

健太《けんた》は、ごくりとつばを飲《の》みこんだ。

「……ほ、細谷《ほそや》さん？」

ドンッ
細谷《ほそや》が切《き》れた電話《でんわ》をにぎりしめながら、ハンドルに腕《うで》をたたきつける。クラクションに手《て》が当《あ》たって、辺《あた》りに大《おお》きなブザーが響《ひび》きわたった。

コンビニから出《で》てきた高校生《こうこうせい》が、音《おと》につられてこちらを振《ふ》りむく。

車《くるま》を見《み》て、はっと口《くち》を開《あ》けた。

「ちっ！」

細谷《ほそや》が、あわてて車《くるま》を急発進《きゅうはっしん》させる。中腰《ちゅうごし》だった健太《けんた》は、もんどりうって車《くるま》の中《なか》に転《ころ》がった。

「あいたたた……」

う〜、今日《きょう》もけっきょく、こんなんばっかだよお。

あっちこっちぶつけて、角《かど》が取《と》れた豆腐《とうふ》みたいになっちゃいそうだし。

それにしても、どうしよう。このままだと、さっきのこわい電話《でんわ》の人《ひと》たちのところに……？

そそそ、そんなのいやだあ！

目《め》に涙《なみだ》をためながら、はいつくばったまま顔《かお》を上《あ》げる。前《まえ》の座席《ざせき》の間《あいだ》に、きらりと何《なに》かが光《ひか》った。

あれ、細谷《ほそや》さんの携帯電話《けいたいでんわ》——。

さっき、急《いそ》いで車《くるま》を出《だ》したときに、落《お》っこちたんだ！

健太《けんた》は、一生懸命《いっしょうけんめい》手《て》を伸《の》ばす。けれど、指《ゆび》は携帯電話《けいたいでんわ》には、かすりもしない。

うっ。これじゃあ届《とど》かないよ。

……あ、そういえば。

健太《けんた》は、ごそごそとポケットに手《て》をつっこむ。お菓子《かし》の間《あいだ》から、小《ちい》さなかたまりを取《と》りだした。

伸《の》びるタオル。これを使《つか》えば、届《とど》くかも！

よーし。

健太《けんた》は、タオルをずるずると伸《の》ばして、両方《りょうほう》の端《はし》をつかむ。くの字《じ》に曲《ま》がった部分《ぶぶん》を、携帯電《けいたいでん》話《わ》に向《む》かって思《おも》いっきり振《ふ》りおろした。

15 光一《こういち》の絶対包囲網《ぜったいほういもう》

浅見《あさみ》が呼《よ》びよせた、新《あたら》しい撮影用《さつえいよう》のバン。

ドアを全開《ぜんかい》にして荷物用《にもつよう》スペースに腰《こし》かけた光一《こういち》は、パソコンの画面《がめん》をじっとにらんでいた。

画面上《がめんじょう》に開《ひら》いた地図《ちず》に、テレビで集《あつ》まった情報《じょうほう》が自動《じどう》で追加《ついか》されていく。

赤色《あかいろ》は、五分以内《ふんいない》の情報《じょうほう》。黄色《きいろ》は、それよりも古《ふる》い情報《じょうほう》だ。

マップに色《いろ》がついているのは、都内《とない》だけか。

「光一《こういち》。情報集《じょうほうあつ》まってる？」

車《くるま》のかげから、すみれと和馬《かずま》が顔《かお》を出《だ》す。すみれは、難《むずか》しい顔《かお》でパソコンの画面《がめん》をのぞきこんだ。

「いろんなところに印《しるし》がついてるけど。なんで、こんなにバラバラなの？」

「他《ほか》の車《くるま》との間違《まちが》いや、いたずらで送《おく》ってる人《ひと》もいるからな。数《かず》が集《あつ》まれば情報《じょうほう》の精度《せいど》が上《あ》がって、無関係《むかんけい》なものは自然《しぜん》と除外《じょがい》されていくから問題《もんだい》ない。だからこそ、情報《じょうほう》の量《りょう》が重要《じゅうよう》なんだ」

「ふうん」

「まあ、これも全部《ぜんぶ》……クリスのおかげだな」

光一《こういち》は、前《まえ》の座席《ざせき》をちらりとのぞきこむ。すみれが、手《て》でメガホンを作《つく》って、声《こえ》をかけた。

「おーい、クリス。クリスってば」

「……今回《こんかい》は、今回《こんかい》は目立《めだ》たずにすむと思《おも》ったのに……」

クリスは、小《ちい》さくうずくまったまま、ぶつぶつと小《ちい》さな声《こえ》で独《ひと》り言《ごと》をつぶやいた。

だめだ、完全《かんぜん》に魂《たましい》が抜《ぬ》けてる。

「クリス、だいじょうぶかな。さっきから名前《なまえ》を呼《よ》んでもゆすっても、全然反応《ぜんぜんはんのう》しないんだけど」

「多分《たぶん》、自分《じぶん》の中《なか》で気持《きも》ちの整理《せいり》をつけてるんだろ」

早《はや》く細谷《ほそや》さんの車《くるま》に追《お》いつくためとはいえ、クリスには、ちょっと悪《わる》いことしたな。

浅見《あさみ》に協力《きょうりょく》をとりつけると、光一《こういち》は、すぐにいくつかの物《もの》を用意《ようい》してもらった。

まず、撮影用《さつえいよう》の新《あたら》しい車《くるま》。

次《つぎ》に、車《くるま》の情報《じょうほう》を集《あつ》めるための、特別番組《とくべつばんぐみ》だ。

浅見《あさみ》から、テレビ局《きょく》にかけあってもらって、特番《とくばん》を組《く》んでもらう。その企画《きかく》を通《とお》して、車《くるま》の情《じょう》報《ほう》を視聴者《しちょうしゃ》から集《あつ》める作戦《さくせん》だ。

光一《こういち》の案《あん》に、光一《こういち》たちが健太《けんた》を助《たす》けるところをスクープできると信《しん》じた浅見《あさみ》は、一《いち》も二《に》もなくOK《オーケー》してくれた。

一方《いっぽう》、クリスは最後《さいご》の最後《さいご》まで協力《きょうりょく》を迷《まよ》っていた。

けれど、車《くるま》に追《お》いつくには、これが一番早《いちばんはや》いと光一《こういち》が言《い》うと、クリスは覚悟《かくご》を決《き》めたように、うなずいてくれたのだった。

……でも、やっぱり悪《わる》かったな。あとで、もう一回謝《いっかいあやま》っとこう。

「早《はや》く、細谷《ほそや》さんの移動先《いどうさき》を予測《よそく》しないとな。浅見《あさみ》さんに、警察《けいさつ》にも同《おな》じ情報《じょうほう》を提供《ていきょう》してもらってるけど、できればおれたちで先《さき》に押《お》さえたい」

細谷《ほそや》さんも、多分《たぶん》そろそろ報道《ほうどう》されたことに気《き》づいて、動揺《どうよう》してるはずだ。間違《まちが》いなく、見《み》つからないような場所《ばしょ》に移動《いどう》する。

そこを、押《お》さえられれば勝《か》ちだ。

意識《いしき》を集中《しゅうちゅう》して、パソコン上《じょう》の地図《ちず》に目《め》を走《はし》らせる。横《よこ》から、すみれが地図上《ちずじょう》の大《おお》きな道路《どうろ》を、とんと指《ゆび》で叩《たた》いた。

「逃《に》げるんだったら、ここから高速道路《こうそくどうろ》に乗《の》っちゃうんじゃない？」

「高速道路《こうそくどうろ》は、カメラが常《つね》にナンバーをチェックしてる。逃《に》げ道《みち》もないから、使《つか》わないはずだ」

「えーっと、じゃあ西側《にしがわ》の、住宅地《じゅうたくち》の方《ほう》とか？」

「いや、住宅地《じゅうたくち》で業務用《ぎょうむよう》のバンは目立《めだ》つ。テレビで報道《ほうどう》もされてるから、そっちには行《い》かない」

「それじゃあ、どこに行《い》くのよ～！」

すみれが、光一《こういち》の肩《かた》をつかんで、ぐいぐいとゆらす。

いいから、集中《しゅうちゅう》させてくれ！

「そんなこと言《い》ったって、せめて特定《とくてい》の方角《ほうがく》に移動《いどう》しないと、こっちも行《い》き先《さき》が……」

「徳川《とくがわ》、地図《ちず》が！」

和馬《かずま》の声《こえ》にはっとして、パソコンにかじりつく。

五分以内《ふんいない》の情報《じょうほう》を示《しめ》す赤《あか》い表示《ひょうじ》が、ちかちかと南側《みなみがわ》に複数《ふくすう》、光《ひか》った。

南側《みなみがわ》——海《うみ》に近《ちか》いエリアだ。複数《ふくすう》の埋《う》めたて地《ち》に、大型《おおがた》の施設《しせつ》が並《なら》んでる。

その中《なか》でも、逃《に》げこむのにふさわしいのは——人目《ひとめ》につかなくて、警察《けいさつ》のカメラも少《すく》ない場所《ばしょ》。

地図《ちず》の中《なか》の、一点《いってん》に目《め》が吸《す》いよせられた。

広《ひろ》い道路《どうろ》、広《ひろ》い区間《くかん》——人《ひと》の少《すく》ない。

「海岸沿《かいがんぞ》いの、コンテナターミナル……！」

ピリリリリ……

突然《とつぜん》、スマホがポケットの中《なか》で鳴《な》りだして、光一《こういち》はあわてて引《ひ》っぱりだす。

画面《がめん》に表示《ひょうじ》されているのは、見《み》たこともない番号《ばんごう》だ。

間違《まちが》い電話《でんわ》か？　なんで、こんなときに！

光一《こういち》は、応答《おうとう》のボタンをタップする。苦々《にがにが》しい顔《かお》で、すばやく耳《みみ》に当《あ》てた。

「もしもし？」

『ここ、光一《こういち》〜〜〜！』

予想《よそう》していなかった声《こえ》に、目《め》が点《てん》になる。

この、気《き》の抜《ぬ》けた声《こえ》。抑《おさ》えているけど、ちょっとデカい——。

「健太《けんた》……か!?」

「えっ、健太《けんた》!?」

すみれが、どんと身《み》を乗《の》りだしてくる。うずくまっていたクリスも、はっと顔《かお》を上《あ》げた。

スマホの向《む》こうに、耳《みみ》を澄《す》ます。ガタガタと、車《くるま》の振動《しんどう》で荷物《にもつ》がゆれる音《おと》が聞《き》こえた。

『よかったあ。光一《こういち》の番号《ばんごう》、なんとか覚《おぼ》えてて。もう三回《かい》も間違《まちが》い電話《でんわ》しちゃったよお……』

「この携帯《けいたい》は、どうしたんだ!?　もしかして、細谷《ほそや》さんの？」

『細谷《ほそや》さんが運転中《うんてんちゅう》に、携帯電話《けいたいでんわ》を落《お》として……ちょっと借《か》りちゃったんだ』

「とにかく、無事《ぶじ》なんだな？」

『うん。けがもないよ』

よかった……。

光一《こういち》は全身《ぜんしん》で息《いき》をはく。けれど、顔《かお》を軽《かる》く叩《たた》いて、すぐに気《き》を引《ひ》きしめた。

スマホを耳《みみ》に当《あ》てなおす。細谷《ほそや》の声《こえ》は聞《き》こえない。

気《き》づかれてはいないみたいだな。

スピーカーから、健太《けんた》が半泣《はんな》きになりながら言《い》った。

『じつはさっき、細谷《ほそや》さんのもう一台《いちだい》の携帯《けいたい》に電話《でんわ》があって。ぼく、このままだと借金《しゃっきん》の取《と》りたてみたいな人《ひと》たちのところに、連《つ》れてかれそうなんだ！』

「なんだって!?」

健太《けんた》を、売《う》りとばすってことか!?

『ちょうど、その人《ひと》たちに会《あ》いに行《い》く約束《やくそく》をしてたみたい。ぼく……どうしたらいいのかな』

どう、したらって――。

光一《こういち》は、一瞬答《いっしゅんこた》えに迷《まよ》って、まわりに目《め》を向《む》ける。すみれやクリス、そして、和馬《かずま》もじっと黙《だま》ったまま、光一《こういち》を見《み》つめていた。

光一《こういち》は、ぐっとスマホを強《つよ》くにぎりしめる。健太《けんた》が不安《ふあん》にならないように、しっかりと言《い》った。

「おれたちが、すぐに健太《けんた》を助《たす》けに行《い》く。それまで、じっとしててくれ」

『ううう、うん……』

うっ、こういうときになんて言《い》えばいいんだ。

あ、そうだ。

「いっしょに選挙《せんきょ》に当選《とうせん》して、学校《がっこう》を盛《も》りあげるんだろ」

『あ、そうだった！　明日《あした》は、投票日《とうひょうび》だしね！　早《はや》く、帰《かえ》らなきゃ――』

プツッ
健太《けんた》の明《あか》るい声《こえ》が、途中《とちゅう》でぶつりと切《き》れる。

電話《でんわ》が……切《き》れた？

もしかして、細谷《ほそや》さんに気《き》づかれて!?

「おーい、みんな！」

撮影《さつえい》が終《お》わったのか、浅見《あさみ》が走《はし》ってくる。光一《こういち》は、スマホをさっとポケットにしまった。

「特番《とくばん》の視聴率《しちょうりつ》、過去最高《かこさいこう》よ！　クリスちゃんには、つぎからレギュラー出演《しゅつえん》してほしいわ！」

スーツ姿《すがた》の浅見《あさみ》は、うれしそうに鼻息《はないき》を荒《あら》くする。クリスは、引《ひ》きつった顔《かお》で、すばやく視線《しせん》をそらした。

「浅見《あさみ》さん。たった今《いま》、細谷《ほそや》さんの車《くるま》が向《む》かう場所《ばしょ》をつきとめました」

「本当《ほんとう》!? それじゃあ、すぐに行《い》きましょう。光一《こういち》くんは助手席《じょしゅせき》でナビをして！」

そう言《い》いながら、浅見《あさみ》は自分《じぶん》の車《くるま》に駆《か》けよると、ドアを開《あ》ける。光一《こういち》は助手席《じょしゅせき》に、クリスとすみれ、和馬《かずま》の三人《にん》も後部座席《こうぶざせき》にすばやく乗《の》りこんだ。

シートベルトを締《し》めながら、光一《こういち》はスマホを取《と》りだして、メールの作成画面《さくせいがめん》を開《ひら》く。浅見《あさみ》にのぞかれないように、すばやく文字《もじ》を入力《にゅうりょく》した。

宛先《あてさき》は——クリスだ。

『今《いま》から、健太《けんた》の救出作戦《きゅうしゅつさくせん》の仕上《しあ》げを説明《せつめい》する。読《よ》みおわったら、すみれと風早《かぜはや》にも回《まわ》してほしい』

あと、この内容《ないよう》は浅見《あさみ》さんたちには、秘密《ひみつ》にしてくれ――と。
送信《そうしん》ボタンを押《お》した直後《ちょくご》、後部座席《こうぶざせき》からスマホの振動音《しんどうおん》が聞《き》こえた。
バックミラー越《ご》しに、クリスがこくりとうなずくのが見《み》えた。

★16 命《いのち》がけの停止大作戦《ていしだいさくせん》

キキーッ！

辺《あた》りに、車《くるま》のブレーキ音《おん》が響《ひび》く。光一《こういち》は、助手席《じょしゅせき》の窓《まど》から、さっと外《そと》を見《み》わたした。

夜《よる》のコンテナターミナルには、人影《ひとかげ》がまったくない。

ここにいるのは、浅見《あさみ》の車《くるま》に乗《の》った光一《こういち》たちと、後《うし》ろのバンに乗《の》った撮影《さつえい》スタッフだけだ。

光一《こういち》は、音《おと》を立《た》てないように、慎重《しんちょう》にシートベルトを外《はず》した。

「ここらへんかしら？」

浅見《あさみ》が、運転席《うんてんせき》の窓《まど》を開《あ》ける。ひょっこりと顔《かお》を出《だ》して、左右《さゆう》を確認《かくにん》した。

今《いま》だ！

光一《こういち》は車《くるま》のドアを開《あ》け、外《そと》へとすべりでる。和馬《かずま》とすみれも、息《いき》を合《あ》わせて、車外《しゃがい》へ飛《と》びだした。

「クリス！」

光一《こういち》が目《め》を見《み》て声《こえ》をかけると、クリスがしっかりとうなずく。

ぎょっとした浅見《あさみ》が、シートベルトを外《はず》して追《お》いかけようとするが間《ま》に合《あ》わない。窓《まど》から顔《かお》だけを出《だ》して、声《こえ》を上《あ》げた。

「三人《にん》とも、待《ま》ちなさい！」

「そんなこと言《い》われても、待《ま》てないってば！」

光一《こういち》の後《うし》ろで、すみれがぺろりと舌《した》を出《だ》した。

浅見《あさみ》の制止《せいし》を無視《むし》して、道沿《みちぞ》いにまっすぐ走《はし》る。車《くるま》から垣根《かきね》で見《み》えにくくなる場所《ばしょ》を選《えら》んで、公園《こうえん》の中《なか》に飛《と》びこんだ。

公園《こうえん》をつっきるように元《もと》の方角《ほうがく》へと戻《もど》りながら、後《うし》ろを確認《かくにん》する。和馬《かずま》もすみれも、ほとんどぴったり後《うし》ろについていた。でも、その奥《おく》に浅見《あさみ》の姿《すがた》はない。

今《いま》ごろ、おれたちを見失《みうしな》った浅見《あさみ》さんたちを、クリスが反対方向《はんたいほうこう》へ誘導《ゆうどう》してくれてるはずだ。

多分《たぶん》、後《あと》で浅見《あさみ》さんから、「健太《けんた》くんを救出《きゅうしゅつ》するところを、撮《と》らせてくれると思《おも》ったのに！」って文句《もんく》を言《い》われるとは思《おも》うけど……。

それは、後回《あとまわ》しだ。

さらに速度《そくど》を上《あ》げて、光一《こういち》は公園《こうえん》の中《なか》を走《はし》りぬける。上《あ》がってきた息《いき》を、ぐっとのみこんだ。

今《いま》、大事《だいじ》なのは、おれたちが細谷《ほそや》さんの車《くるま》と接触《せっしょく》するタイミング。

車《くるま》が通《とお》りかかるポイントに、おれたちが先《さき》にたどりつくこと！

数分前《すうふんまえ》に通《とお》りすぎた橋《はし》の手前《てまえ》で、急《きゅう》ブレーキをかけてなんとか足《あし》を止《と》める。再《ふたた》び公園《こうえん》の垣根《かきね》に入《はい》ると、息《いき》を殺《ころ》して通《とお》りの様子《ようす》をうかがった。

しんとして、公園《こうえん》にいる虫《むし》の鳴《な》き声《ごえ》しか聞《き》こえない。

――いや。

「光一《こういち》、あそこ！」

すみれが、橋《はし》の反対側《はんたいがわ》を指《ゆび》さす。かすかに響《ひび》いた鈍《にぶ》いエンジンの音《おと》に顔《かお》を上《あ》げると、一台《だい》のバンがこちらに向《む》かってきていた。

二人《ふたり》の乗《の》った車《くるま》。

距離《きょり》は、約《やく》三百メートル。

……よし。

「風早《かぜはや》。車《くるま》が停《と》まったら、タイヤを無力化《むりょくか》してくれ。細谷《ほそや》さんが運転席《うんてんせき》から降《お》りたら、すみれは健太《けんた》の救出《きゅうしゅつ》を頼《たの》む」

「それはいいが、どうやって車《くるま》を停《と》めるんだ？」

「何《なに》か、しかけでもするの？」

二人《ふたり》の問《と》いには答《こた》えずに、光一《こういち》はじっと車《くるま》を見《み》つめる。

あと距離《きょり》は、百五十メートル。

……そろそろか。

「しかけは――しない」

「へ？」

「車《くるま》は、おれが停《と》める」

「徳川《とくがわ》が!?」

光一《こういち》は車《くるま》との距離《きょり》をもう一度《いちど》、慎重《しんちょう》に目測《もくそく》する。

残《のこ》りの距離《きょり》は――。

ここだ！

「じゃあ、行《い》くぞ！」

光一《こういち》はそう言《い》うと、垣根《かきね》から一人《ひとり》、さっと道路《どうろ》へ飛《と》びだした。

軽《かろ》やかに着地《ちゃくち》して、立《た》ちあがる。細谷《ほそや》の運転《うんてん》するバンのライトが、スポットライトのように全《ぜん》身《しん》に当《あ》たった。

――っ、まぶしい。
白《しろ》い光《ひかり》の中《なか》で急速《きゅうそく》に、バンの姿《すがた》が大《おお》きくなっている。
あと……どれくらい距離《きょり》がある？
正面《しょうめん》からだと、うまく測《はか》れない。光一《こういち》は、ごくりとのどを鳴《な》らした。
けど、視線《しせん》は背《そむ》けない。
じっと、運転席《うんてんせき》をにらみつける。
一瞬《いっしゅん》だけ、ハッとした顔《かお》の細谷《ほそや》と、目《め》が合《あ》った。

キィ――――ッ!!

「風早《かぜはや》！」
ブレーキ音《おん》のすき間《ま》から、光一《こういち》が呼《よ》ぶ声《こえ》が聞《き》

こえた。

車《くるま》が、道路《どうろ》の途中《とちゅう》で急停車《きゅうていしゃ》する。はっとわれに返《かえ》って、和馬《かずま》は公園《こうえん》の垣根《かきね》から飛《と》びだした。

ベルトの縁《ふち》から、手《て》の感覚《かんかく》だけで二本《ほん》の棒《ぼう》を抜《ぬ》きとる。かすかな外灯《がいとう》を浴《あ》びて、黒々《くろぐろ》とした棒《ぼう》手裏剣《しゅりけん》が鈍《にぶ》く光《ひか》った。

ぐっと息《いき》を止《と》めて、意識《いしき》を、一点《いってん》に研《と》ぎすませる。

狙《ねら》うのは、タイヤの側面《そくめん》。一番空気《いちばんくうき》を抜《ぬ》きやすい場所《ばしょ》。

ビュッ
振《ふ》りおろした手《て》から、棒手裏剣《ぼうしゅりけん》が風《かぜ》を切《き》りさいて飛《と》んでいく。

切《き》っ先《さき》がタイヤの側面《そくめん》に突《つ》きささった。

もう一投《いっとう》――！

狙《ねら》いを変《か》えて、腕《うで》を振《ふ》る。棒手裏剣《ぼうしゅりけん》が、吸《す》いこまれるように後《うし》ろのタイヤに刺《さ》さった。

「わあっ」

細谷《ほそや》が、何事《なにごと》かと運転席《うんてんせき》から飛《と》びだしてくる。

和馬《かずま》はすばやく後方《こうほう》へ跳《と》んで、再《ふたた》び垣根《かきね》の中《なか》に身《み》を沈《しず》めた。

細谷《ほそや》が、運転席《うんてんせき》のドアを開《あ》けたまま、車《くるま》の左側《ひだりがわ》に回《まわ》りこんだ。

「さっきのは、何《なん》だ!? それに、タイヤが……」

「それは、おれがパンクさせたからだ」

タイヤの前《まえ》にかがみこんだ細谷《ほそや》は、はっとして振《ふ》りかえる。

少《すこ》し跳《は》ねた黒髪《くろかみ》に、ボーダーのシャツ。長《なが》めの、すらりと伸《の》びた足《あし》。

車《くるま》の後《うし》ろ側《がわ》に、無傷《むきず》の光一《こういち》が腕《うで》を組《く》んで立《た》っていた。

「おまえ……なんでここに!?」

「テレビで特番《とくばん》を流《なが》して、あんたの行《い》き先《さき》を推測《すいそく》させてもらった。浅見《あさみ》さんに協力《きょうりょく》してもらって、先回《さきまわ》りしたんだ」

「さっき飛《と》びだしたのも、車《くるま》を停《と》めるためか!? ちくしょう!」

細谷《ほそや》は、いらだたしげに車《くるま》をガンと拳《こぶし》で叩《たた》く。大《おお》きく、肩《かた》で息《いき》をした。

あのとき、細谷《ほそや》さんの乗《の》ったバンの速度《そくど》は、おおよそ時速《じそく》五十キロだった。

おれに気《き》づいてブレーキを踏《ふ》み、それが利《き》きはじめるまでに、十四メートル。

ブレーキが利《き》いて、車《くるま》が停《と》まるまでに、十八メートル。

「合計《ごうけい》三十二メートルの停止距離《ていしきょり》があれば、車《くるま》は停《と》まる。余裕《よゆう》をもって、おれは五十メートル手《て》前《まえ》に立《た》った。夜《よる》のコンテナターミナルはがらがらで、対向車《たいこうしゃ》もいないから追突事故《ついとつじこ》もない」

とはいっても、さすがに冷《ひ》や汗《あせ》はかいた。

まだ、心臓《しんぞう》がどくどくと鳴《な》ってる。

理論上《りろんじょう》は安全《あんぜん》だとしても、危険性《きけんせい》はゼロにはできない。

おれだっていつもなら、こんなばかなことは絶対《ぜったい》にやらないけどな。

ちらりと、車《くるま》の入《い》り口《ぐち》を見《み》やる。

すみれは、ちゃんと健太《けんた》を助《たす》けだせたか……？

「……変《へん》な子《こ》どもだな」

細谷《ほそや》が、車《くるま》に寄《よ》りかかりながら、笑《わら》いまじりに言《い》った。

「そんなに頭《あたま》がいいのに、友《とも》だちのために危険《きけん》を冒《おか》すなんて。一歩間違《いっぽまちが》えれば、おれにひかれてたんだぞ」

「健太《けんた》は、おれの大事《だいじ》な親友《しんゆう》だ。だから、どうしても助《たす》けたかったんだ」

そう言《い》った瞬間《しゅんかん》、細谷《ほそや》の口《くち》から、ふっと笑《わら》いが消《き》える。光一《こういち》に向《む》かって、ぎらりと目《め》を光《ひか》らせた。

「だから、変《へん》なんだよ。そんなのは、ばかなやつのやることだ」

「友《とも》だちを、命《いのち》がけで助《たす》けることが、ばかだって？」

「当《あ》たり前《まえ》だろ。みんな、他人《たにん》より自分《じぶん》のほうが大切《たいせつ》だ。いざとなったら、だれも助《たす》けてくれないんだ！」

細谷《ほそや》が、じわりと光一《こういち》との間合《まあ》いをつめる。突然《とつぜん》、足元《あしもと》のアスファルトを踏《ふ》んだ。

「だから、だれかを助《たす》けようとするやつは、うそつきか、大《おお》ばかものなんだよ！」

光一《こういち》のシャツを狙《ねら》って、細谷《ほそや》がぐいっと手《て》を伸《の》ばす。

瞬間《しゅんかん》、その手《て》をめがけて、公園《こうえん》から鋭《するど》く石《いし》が飛《と》んだ。

ビシッ
「いてえ！」

ガサガサと、葉《は》がこすれる音《おと》がする。

一瞬《いっしゅん》の間《あいだ》に、光一《こういち》の前《まえ》に黒《くろ》ずくめの少年《しょうねん》が着地《ちゃくち》していた。

風早《かざはや》！

「――なっ!?」

和馬《かずま》は、腰《こし》を落《お》としたまま、細谷《ほそや》を鋭《するど》い目《め》でにらみあげる。その迫力《はくりょく》に押《お》されて、細谷《ほそや》は一歩《いっぽ》、二《に》歩《ほ》と後《うし》ろへ下《さ》がった。

光一《こういち》は、和馬《かずま》の横《よこ》に並《なら》ぶ。おびえた顔《かお》の細谷《ほそや》を、静《しず》かに視線《しせん》で射《い》すくめた。

「たしかに、おれたちだって迷《まよ》うことはある。こんなことする意味《いみ》があるのかって」

友《とも》だちを助《たす》けるために、自分《じぶん》の秘密《ひみつ》をかけたり。

友《とも》だちを守《まも》るために、危険《きけん》な目《め》にあったり。

すっと手《て》を伸《の》ばして、とまどう細谷《ほそや》の顔《かお》に指《ゆび》を突《つ》きつける。

「でも、友《とも》だちを助《たす》けるのに意味《いみ》なんか必要《ひつよう》ないんだ。おれたちはあんたの言《い》うところの、大《おお》ばかものでいい」

少《すこ》しの迷《まよ》いもなく、一息《ひといき》に言《い》った。

「それに、健太《けんた》はただの友《とも》だちじゃない。おれたちの――仲間《なかま》だ！」

和馬《かずま》が、細谷《ほそや》を捕《つか》まえようと、すばやく迫《せま》る。

「うわああっ」

細谷《ほそや》は、力《ちから》のない悲鳴《ひめい》を上《あ》げると、反対方向《はんたいほうこう》へ走《はし》りだす。車《くるま》の運転席《うんてんせき》へ乗《の》りこもうとして、ちょうど車《くるま》から健太《けんた》を助《たす》けだしたすみれと、はちあわせした。

「おまえ！」

「あっ！　見《み》つかっちゃった」

すみれが、悪者《わるもの》っぽくニヤッと笑《わら》って前《まえ》に出《で》る。

逃《に》げるすきを与《あた》えずに、細谷《ほそや》のえり元《もと》を、しっかりととらえた。

……あーあ。

これは、完全《かんぜん》に本気《ほんき》モードだ。

「こんどは、バッチリ投《な》げ技《わざ》で……っ！」

すみれは、驚《おどろ》く細谷《ほそや》のわきの下《した》に、すばやく潜《もぐ》りこむ。体重《たいじゅう》をかけて、ぐっと腰《こし》を落《お》とし――。

細谷《ほそや》の体《からだ》が、円《えん》を描《えが》くように、すみれの上《うえ》を軽々《かるがる》と飛《と》びこえた。

「超絶必殺《ちょうぜつひっさつ》、肩車《かたぐるま》っ！」

「えっ、うわあああ！」


どしーん！


アスファルトの道路《どうろ》に、トラックが通《とお》ったみたいな振動《しんどう》が響《ひび》きわたる。その真《ま》ん中《なか》で、細谷《ほそや》がすっかり目《め》を回《まわ》して、地面《じめん》に伸《の》びていた。

……今度《こんど》は、すぐに動《うご》いたりはできなそうだな。

「骨《ほね》、折《お》れてないといいけど……」

仁王立《におうだ》ちになったすみれが、満足《まんぞく》そうに指《ゆび》をびっと立《た》てた。

「一本《いっぽん》！」

17 悪人《あくにん》のヒミツ

「健太《けんた》、無事《ぶじ》か!?」

光一《こういち》は、健太《けんた》に駆《か》けよると、頭《あたま》からつま先《さき》まで、さっと視線《しせん》を走《はし》らせる。

どこにも、けがはなさそうだな。

「電話《でんわ》が途中《とちゅう》で切《き》れたから、何《なに》かあったのかと思《おも》った」

「えっと、それが、充電《じゅうでん》が切《き》れちゃったみたいで」

「……そんなことだろうと思《おも》った」

本当《ほんとう》は、本気《ほんき》で心配《しんぱい》したけど。

はっと息《いき》をついた光一《こういち》に、健太《けんた》は、あははと笑《わら》いながら、頭《あたま》をかいた。

「ぼくは、だいじょうぶだよ。何《なに》もされてないし。お腹《なか》はかなりすいたけど……あ！　そうだ、ぼく、お菓子《かし》持《も》ってたんだった！　光一《こういち》にもあげるよ」

「えっ」

健太《けんた》が、ポケットに手《て》をつっこんで、お菓子《かし》をごそごそとあさりはじめる。あんぐりと開《あ》いた光一《こういち》の口《くち》に、きなこもちをひょいと放《ほう》りこんだ。

うっ、さっきまで緊張《きんちょう》してたから、口《くち》の中《なか》が乾《かわ》いてて、すごいぱさぱさする……。

「ほら、頭使《あたまつか》うとお腹《なか》がすくからさ」

「……ありがと」

光一《こういち》は、やけになりながら、もぐもぐと口《くち》を動《うご》かした。

なんだか、一気《いっき》に緊張感《きんちょうかん》がなくなったな。

でも、よかった。いつもの健太《けんた》だ。

「光一《こういち》、スマホ光《ひか》ってるよ？」

すみれに指《ゆび》さされて、ポケットを見《み》る。スマホのライトが、布越《ぬのご》しにちかちかと光《ひか》っていた。

そうか、マナーモードにしてたんだっけ。

急《いそ》いで取《と》りだして、電話《でんわ》をとる。すぐに、耳《みみ》をつんざくような声《こえ》が聞《き》こえた。

『ちょっと、光一《こういち》くん!?　今《いま》どこにいるの!?』

「げっ、浅見《あさみ》さん」

ヤバい、すっかり忘《わす》れてた。

光一《こういち》は、ほおをかきながら顔《かお》をしかめる。浅見《あさみ》が、携帯《けいたい》に口《くち》を近《ちか》づけたのか、さらに大《おお》きな声《こえ》になった。

『健太《けんた》くんは無事《ぶじ》？　細谷《ほそや》くんは!?　もーっ、光一《こういち》くんたちが、健太《けんた》くんを助《たす》けるところ、撮《と》れなかったじゃない!!　今《いま》、どこにいるの!?』

「ええっと、さっき渡《わた》った橋《はし》の辺《あた》りに……」

『ふ頭《とう》の南側《みなみがわ》!?　ちょっと、反対《はんたい》じゃない！　光一《こういち》くん、わたしに特大《とくだい》スクープをくれるって約束《やくそく》したわよね？　あとで、ぜーったい「脱獄犯立《だつごくはんた》てこもり事件《じけん》」のこと、話《はな》してもらうから!!』

言《い》いかえす間《ま》もなく、一方的《いっぽうてき》に電話《でんわ》が切《き》れる。

……休《やす》んでるひまはないか。

もうすぐ寝《ね》る時間《じかん》にもなるし。

光一《こういち》は、路肩《ろかた》に寝《ね》かせられた細谷《ほそや》を振《ふ》りかえる。すみれに投《な》げられて、今度《こんど》こそすっかり伸《の》びた細谷《ほそや》は、まだ目《め》を覚《さ》ます気配《けはい》がない。

今度《こんど》は慎重《しんちょう》に、細谷《ほそや》に近《ちか》づく。スマホの発信画面《はっしんがめん》を開《ひら》いた。

「浅見《あさみ》さんが来《く》ると、いろいろめんどうだし。とりあえず、風早警部《かぜはやけいぶ》に通報《つうほう》して、すぐ細谷《ほそや》さんを捕《つか》まえてもらおう」

「ああぁっ、光一《こういち》。ちょっと待《ま》って！」

健太《けんた》が、はっとした顔《かお》で大声《おおごえ》を出《だ》す。細谷《ほそや》と光一《こういち》の間《あいだ》に、くるりと回《まわ》りこんだ。

「ぼく、細谷《ほそや》さんを警察《けいさつ》に突《つ》きださないでほしいんだ！」

「は!?」

光一《こういち》は、健太《けんた》と細谷《ほそや》の顔《かお》を見《み》くらべる。すみれが、肩《かた》をいからせて、上《うわ》ずった声《こえ》を上《あ》げた。

「健太《けんた》、何言《なにい》ってんの？　健太《けんた》は、細谷《ほそや》さんに連《つ》れまわされてたんでしょ!?」

「たしかに、細谷《ほそや》さんは、ぼくを乗《の》せたまま車《くるま》で逃《に》げてたけど、ぼくを連《つ》れさる気《き》はなかったんだよ！　ぼくが、うっかり車《くるま》に入《はい》りこんだから起《お》きた、事故《じこ》っていうか」

「でも、それなら健太《けんた》に気《き》づいたとき、すぐに降《お》ろせばよかったんだ」

和馬《かずま》が、鋭《するど》い瞳《ひとみ》で健太《けんた》を射《い》ぬく。健太《けんた》はおどおどと背《せ》を丸《まる》めた。

「それは、そうなんだけど……でもっ」

「うっ……」

足元《あしもと》から、うめき声《ごえ》が響《ひび》く。細谷《ほそや》が、うっすらと目《め》を開《あ》けるところだった。

「細谷《ほそや》さん！　だいじょうぶ？」

さっと駆《か》けよった健太《けんた》が、細谷《ほそや》を助《たす》けおこそうとする。光一《こういち》は、健太《けんた》の肩《かた》をあわててつかんだ。

「おい、健太《けんた》！　あんまり近《ちか》づくと」

「細谷《ほそや》さんは、本当《ほんとう》は悪《わる》い人《ひと》じゃないんだ。ぼくを連《つ》れてこいって言《い》われたのも、お母《かあ》さんを守《まも》るためだったんだよ！」

母親《ははおや》を守《まも》るため？

「いや、いいんだ。警察《けいさつ》に、通報《つうほう》してくれ」

細谷《ほそや》が、申《もう》し訳《わけ》なさそうに、がっくりと肩《かた》を落《お》とした。

「母《かあ》さんには悪《わる》いけど、もう、どっちにしろ金《かね》も返《かえ》せそうにないし……むしろ、あのまま健太《けんた》くんを連《つ》れていかなくてすんで、よかったんだ……」

意気消沈《いきしょうちん》した細谷《ほそや》が、小《ちい》さくなって頭《あたま》を抱《かか》える。光一《こういち》は、眉間《みけん》にしわを寄《よ》せた。

いったい、どうなってるんだ？

「光一《こういち》、細谷《ほそや》さんの話《はなし》を聞《き》いてあげて！」

健太《けんた》が、すがるような眼《め》で光一《こういち》を見《み》る。

……しょうがないな。

「細谷《ほそや》さん、そもそもこんなことになった理由《りゆう》を話《はな》してもらえますか？　できれば五分以内《ふんいない》で」

光一《こういち》がそう言《い》うと、細谷《ほそや》はおそるおそる顔《かお》を上《あ》げたのだった。

細谷《ほそや》は、光一《こういち》の頼《たの》みどおり、要領《ようりょう》よく話《はなし》をまとめた。

細谷《ほそや》の母親《ははおや》の車《くるま》が、突然飛《とつぜんと》びだしてきた人《ひと》とぶつかって、交通事故《こうつうじこ》を起《お》こしてしまったこと。

事故《じこ》にあった相手《あいて》は腕《うで》を骨折《こっせつ》して仕事《しごと》ができなくなり、その給料分《きゅうりょうぶん》を細谷《ほそや》の母親《ははおや》がはらうように脅《おど》されたこと。

すぐに治《なお》るはずだった相手《あいて》のけがは、悪《わる》くなる一方《いっぽう》で、お金《かね》の請求《せいきゅう》のやり方《かた》が、ひどくなっていったこと――。

「貯金《ちょきん》を崩《くず》したり、家《いえ》の物《もの》を売《う》ったりしていたんだけど、すぐに母親《ははおや》もおれも金《かね》を払《はら》えなくなった。そしたら、事故《じこ》の相手《あいて》が入院《にゅういん》している病《びょう》院《いん》の先生《せんせい》が、保証人《ほしょうにん》がいなくても、金《かね》を貸《か》して

くれるところを紹介《しょうかい》してくれたんだ。でも、そこから金《かね》を借《か》りたら、利子《りし》でみるみる借金《しゃっきん》がふくれあがって……」

「それで？」

歩道《ほどう》に座《すわ》ったすみれが、ほおづえをつきながら質問《しつもん》する。

「数《すう》か月《げつ》のうちに、借金《しゃっきん》が……一千万円《まんえん》に」

「一千万《まん》！　それで、寄付金《きふきん》を盗《ぬす》もうとしたってこと？」

「取《と》りたてから逃《に》げようとも思《おも》ったけど、逃《に》げたら母《かあ》さんは無事《ぶじ》じゃすまないって言《い》われて。それで、つい魔《ま》が差《さ》したんだ。でも、やっぱりおれが間違《まちが》ってた。もともと、借金《しゃっきん》のもとになった事故《じこ》を起《お》こしたのは、母《かあ》さんなんだし……」

光一《こういち》は、あごに手《て》を当《あ》てて目《め》を閉《と》じたまま、細谷《ほそや》の話《はなし》に聞《き》きいる。最後《さいご》の言葉《ことば》に、ゆっくりとまぶたを開《あ》けた。

「……それ、もしかして、ぜんぶ詐欺《さぎ》なんじゃないか？」

「えええ!?」

健太《けんた》が、ひえっと手《て》を上《あ》げる。細谷《ほそや》も、驚《おどろ》いて目《め》を見開《みひら》いた。

「さ、詐欺《さぎ》って、どれが!?」

「ぜんぶだ。わざと事故《じこ》を起《お》こしてお金《かね》をとろうとするやつらを、当《あ》たり屋《や》っていうんだけど。多分《たぶん》、最初《さいしょ》に事故《じこ》を起《お》こしたとき、救急車《きゅうきゅうしゃ》も警察《けいさつ》も、呼《よ》ばなかったんじゃないか？」

「え、ああ。たしか、母《かあ》さんはそう言《い》ってたけど……」

「どんな事故《じこ》でも、警察《けいさつ》に届《とど》ける義務《ぎむ》がある。そうしないで金《かね》をせびるのは、典型的《てんけいてき》な当《あ》たり屋《や》のやり口《くち》だ。わざと細谷《ほそや》さんのお母《かあ》さんと事故《じこ》を起《お》こし、仲間《なかま》の医者《いしゃ》にうその診断書《しんだんしょ》を書《か》かせる。優《やさ》しいふりをして悪徳業者《あくとくぎょうしゃ》を紹介《しょうかい》する——事故《じこ》の相手《あいて》も、医者《いしゃ》も、貸《か》し金業者《きんぎょうしゃ》も、グルなんだろ」

「ってことは、細谷《ほそや》さんの借金《しゃっきん》はぜんぶ、その詐欺《さぎ》のグループに仕組《しく》まれてたってこと!?　なにそれ！　サイテーじゃん！」

「光一《こういち》。なんとか……細谷《ほそや》さんのこと、助《たす》けられないかな？」

健太《けんた》が、真剣《しんけん》な顔《かお》で光一《こういち》に向《む》きなおる。はっきりとした口調《くちょう》で、言《い》いきった。

「もちろん、細谷《ほそや》さんがやろうとしたことは、だめなことだよ。でも、家族《かぞく》を傷《きず》つけるなんて脅《おど》されたら、どうにかしなきゃってなるのも、しょうがないと思《おも》うんだ」

「でも、おれたちが来《こ》なかったら、健太《けんた》は、あのまま連《つ》れていかれるところだったんだぞ？　健《けん》太《た》は、本当《ほんとう》にそれでいいのか？」

「ううん……」

健太《けんた》は、ちらりと横《よこ》に座《すわ》った細谷《ほそや》を見《み》る。静《しず》かにうなずくと、視線《しせん》を光一《こういち》にまっすぐ向《む》けた。

「でも、ぼくは、みんなのおかげでだいじょうぶだったし。やっぱり細谷《ほそや》さんのこと、助《たす》けてあげたいんだ」

「健太《けんた》くん……」

「それに、細谷《ほそや》さんは、一生懸命《いっしょうけんめい》お母《かあ》さんのことを助《たす》けようとしてたでしょ。さっき光一《こういち》が言《い》ってた、大《おお》ばか仲間《なかま》だしね」

そう言《い》って、健太《けんた》は細谷《ほそや》に向《む》かって、はにかみながらにっこりと笑《わら》った。

……健太《けんた》らしいな。

こういうところが、健太《けんた》は本当《ほんとう》にすごい。

自分《じぶん》のことより、他人《たにん》のことを心《こころ》から思《おも》いやれるところ。

そんなふうに頼《たの》まれたら、断《ことわ》れないだろ。

このままだと、おれたちが健太《けんた》を連《つ》れてこの場《ば》を離《はな》れても、細谷《ほそや》さんは逮捕《たいほ》されてしまう。

でも、細谷《ほそや》さんを逮捕《たいほ》させずに、解決《かいけつ》する方法《ほうほう》があるはずだ。

光一《こういち》は、腕《うで》を組《く》んで静《しず》かに目《め》を閉《と》じる。すっと、みんなの気配《けはい》が意識《いしき》から遠《とお》ざかった。

細谷《ほそや》さんは詐欺《さぎ》グループにそそのかされて、犯行《はんこう》に及《およ》んだ。

現金《げんきん》の受《う》けわたしは、今日《きょう》の夜《よる》の予定《よてい》で――。

早《はや》くしないと、浅見《あさみ》さんが。


そうだ。

ぱっと目《め》を開《あ》ける。

いつの間《ま》にか、健太《けんた》がものすごく近《ちか》くまで、ぐっと顔《かお》を近《ちか》づけていた。

「細谷《ほそや》さんを助《たす》ける方法《ほうほう》は、ある」

「本当《ほんとう》!?」

「しかも、この方法《ほうほう》なら――」

あの問題も解決《かいけつ》できる！

光一《こういち》は、一度《いちど》しまったスマホを、急《いそ》いで取《と》りだす。電話《でんわ》の発信画面《はっしんがめん》を再《ふたた》び呼《よ》びだした。

「風早《かぜはや》。警部《けいぶ》の電話番号《でんわばんごう》を教《おし》えてくれ」

「父《とう》さんの？　別《べつ》にかまわないが――」

「ここここ、光一《こういち》。細谷《ほそや》さんのこと、やっぱり警察《けいさつ》に!?」

健太《けんた》の大声《おおごえ》に、光一《こういち》は首《くび》を横《よこ》に振《ふ》る。

「『二兎《にと》を追《お》うものは一兎《いっと》をも得《え》ず』って、ことわざがある。同時《どうじ》に二匹《にひき》のうさぎを追《お》いかけると、どちらも捕《つか》まえられないっていうたとえだ」

「それが、どうかしたの？」

「でも、せっかくだから、今回《こんかい》は三匹《さんびき》のうさぎを狙《ねら》うんだ」


浅見《あさみ》の車《くるま》が、キーッと鈍《にぶ》い音《おと》を立《た》てて、目《め》の前《まえ》に停《と》まった。

助手席《じょしゅせき》から飛《と》びだしたクリスが、一目散《いちもくさん》に走《はし》ってくる。

「徳川《とくがわ》くん！　健太《けんた》は!?」

「だいじょうぶだ。おれたちも行《い》こう」

光一《こういち》はそう言《い》いながら、奥《おく》に停《と》まっているグレーのバンを指《ゆび》さす。ちょうど、健太《けんた》と細谷《ほそや》が、助手席《じょしゅせき》と運転席《うんてんせき》に、それぞれ乗《の》りこむところだった。

「光一《こういち》くん、これはどういうこと!?　細谷《ほそや》くんと健太《けんた》くんが、また車《くるま》に乗《の》ってるし——」

車《くるま》から降《お》りたった浅見《あさみ》の言葉《ことば》に聞《き》こえなかったふりをして、光一《こういち》はさっきまでクリスが座《すわ》っていた助手席《じょしゅせき》にすべりこむ。

和馬《かずま》とすみれも、クリスを連《つ》れて何事《なにごと》もなかったかのように後部座席《こうぶざせき》に落《お》ちついた。

あわてて運転席《うんてんせき》に戻《もど》ってきた浅見《あさみ》に、光一《こういち》はシートベルトを締《し》めながら言《い》った。

「浅見《あさみ》さん。申《もう》し訳《わけ》ないんですけど、細谷《ほそや》さんと健太《けんた》についていってもらえませんか？」

「ええっ！　まだ移動《いどう》するの？　健太《けんた》くんは見《み》つかったのに？　どういうこと!?」

「あの車《くるま》はパンクしてるし、そんなに移動《いどう》はしませんから。とにかく、お願《ねが》いします」

「……もう、それだけじゃあ全然《ぜんぜん》意味《いみ》がわからないじゃない」

浅見《あさみ》は、フロントガラスの向《む》こうのバンを、じーっと見《み》つめる。

「細谷《ほそや》くんは、健太《けんた》くんを誘拐《ゆうかい》してたんじゃないの？」

「それは、二人《ふたり》についていけばわかります」

「――光一《こういち》くんはわたしに、本当《ほんとう》に特大《とくだい》スクープをくれるのよね？」

浅見《あさみ》が、問《と》いつめるような視線《しせん》を光一《こういち》に向《む》けた。

ちゃんと説明《せつめい》しないと、車《くるま》は動《うご》かさないって顔《かお》だな。

でも、それはかなりめんどうだし……。

光一《こういち》は、ちらりと腕時計《うでどけい》を見《み》る。

ベストタイミングだ。

まぶたが急速《きゅうそく》に下《さ》がって、視界《しかい》が閉《と》じられる。

体《からだ》から力《ちから》が抜《ぬ》けて、光一《こういち》は自然《しぜん》と背《せ》もたれに体《からだ》を預《あず》けた。

「それじゃあ、おれは時間《じかん》なので……寝《ね》ます」

緊張感《きんちょうかん》から解放《かいほう》されたせいか、いつもより意識《いしき》がなくなるのがスムーズな気《き》がする。

この体質《たいしつ》も、たまには役《やく》に立《た》つんだな。

「あと、よろしくお願《ねが》いします。浅見《あさみ》さん……着《つ》いたら、起《お》こしてください」

「ちょっ、光一《こういち》くん!?」

浅見《あさみ》の焦《あせ》った声《こえ》が、横《よこ》から降《ふ》りそそいでくる。

でも、もう目《め》は開《ひら》かない。

密着取材《みっちゃくしゅざい》された、お返《かえ》しだ。

「和馬《かずま》くんも、すみれちゃんも、何《なに》か聞《き》いてないの!?」

「何《なに》も」

「あたしも」

「ああっ、もう！　後《あと》で、絶対《ぜったい》にしゃべってもらうからね～!?」

振動《しんどう》で、体《からだ》ががくんと揺《ゆ》れる。車《くるま》が動《うご》きだしたのを確認《かくにん》すると、光一《こういち》はすぐ眠《ねむ》りについた。

18 超級《ちょうきゅう》☆特大《とくだい》スクープ

夜《よる》のコンテナターミナルには、かすかに波《なみ》の音《おと》が響《ひび》いていた。

うす汚《よご》れた倉庫《そうこ》を、遠《とお》くにある大《おお》きな橋《はし》の明《あ》かりが、うっすらと照《て》らしだしている。

健太《けんた》と細谷《ほそや》は、倉庫《そうこ》の入《い》り口《ぐち》で顔《かお》を見《み》あわせる。静《しず》かにうなずきあうと、ゆっくりとドアを開《あ》けた。

「遅《おそ》いぞ、細谷《ほそや》」

真《ま》っ暗《くら》な倉庫《そうこ》の奥《おく》から、低《ひく》い声《こえ》が響《ひび》いてくる。

ほんのりと明《あか》るくなっているほうへ歩《ある》くと、三人《にん》の男《おとこ》が立《た》っていた。三人《にん》とも、暗《くら》いグレーの洋服《ようふく》を着《き》ていて、倉庫《そうこ》の壁《かべ》に溶《と》けこんでみえる。

右側《みぎがわ》に立《た》ったいかつい体《からだ》の男《おとこ》が、にやっとうれしそうに笑《わら》った。

「ちゃんと連《つ》れてきたか。おまえも、少《すこ》しは役《やく》に立《た》つじゃねえか」

「さあ、そいつをこっちに渡《わた》せ」

左側《ひだりがわ》の小柄《こがら》な男《おとこ》が、健太《けんた》に向《む》かってこちらに来《く》るよう、あごを動《うご》かす。細谷《ほそや》は抵抗《ていこう》するように、健太《けんた》の肩《かた》に置《お》いていた手《て》に、ぎゅっと力《ちから》をこめた。

「その前《まえ》に、聞《き》きたいことがある！　おまえたち全員《ぜんいん》が、グルっていうのは本当《ほんとう》なのか!?」

「何《なん》のことだ？」

「とぼけてもムダだよ！」

男《おとこ》たちへ向《む》かって、健太《けんた》が大声《おおごえ》を上《あ》げる。真剣《しんけん》な顔《かお》で、ぐっと両手《りょうて》をにぎった。

「ぼくたち、知《し》ってるんだ！　細谷《ほそや》さんのお母《かあ》さんと事故《じこ》を起《お》こした人《ひと》も、その人《ひと》が入院《にゅういん》してる病院《びょういん》の先生《せんせい》も、お金《かね》を貸《か》してくれたあなたたちも、みんな同《おな》じ詐欺《さぎ》のグループなんでしょ!?」

「何《なん》だ？　金《かね》が返《かえ》せないから、いちゃもんをつけようっていうのか？」

真《ま》ん中《なか》に立《た》っていた細身《ほそみ》の男《おとこ》が、身《み》を乗《の》りだして健太《けんた》をにらみつける。健太《けんた》の足《あし》が、がくがくと小《ち》さく震《ふる》えた。

それでも、健太《けんた》は後《うし》ろに下《さ》がりかけた足《あし》に力《ちから》を入《い》れて、なんとか踏《ふ》みとどまる。

「そそそ、そんな脅《おど》しに負《ま》けるもんか！」

いつもは見《み》せない真剣《しんけん》な表情《ひょうじょう》で、男《おとこ》たちに指《ゆび》を突《つ》きつける。顔《かお》を真《ま》っ赤《か》にしながら、精《せい》いっぱいの声《こえ》で叫《さけ》んだ。

「その真実《しんじつ》を確《たし》かめるために、ぼくたちはわざと二人《ふたり》で、ここにやってきたんだ！」

「認《みと》めないんなら、おれたちは今《いま》からすぐに警察《けいさつ》に行《い》く！　警察《けいさつ》だって、健太《けんた》くんを連《つ》れまわしていたおれの話《はなし》なら、ちゃんと聞《き》いてくれるはずだ」

「何《なに》ぃ？」

男《おとこ》たちは、顔《かお》を見《み》あわせると、ゆっくりとした動《うご》きで二人《ふたり》に近《ちか》づいた。

「はっ。だれに吹《ふ》きこまれたのかは知《し》らねえが、少《すこ》しは利口《りこう》になったらしいな」

いかつい体《からだ》の男《おとこ》が、見《み》せつけるように大《おお》きな拳《こぶし》を、健太《けんた》の前《まえ》でにぎってみせる。太《ふと》い二《に》の腕《うで》の筋肉《きんにく》が、はっきりとわかるくらいに盛《も》りあがった。

「そう。おれたちは、みんなグルだ。最初《さいしょ》から、おまえからしぼりとってやるつもりだったんだよ」

「じゃあ、母《かあ》さんの事故《じこ》も！」

「もちろん、わざとぶつかったに決《き》まってるだろ」

細身《ほそみ》の男《おとこ》が、腹《はら》を抱《かか》えて笑《わら》う。にやっと気味悪《きみわる》く、細谷《ほそや》を見《み》つめた。

「でも、今《いま》さら気《き》づいたってもう遅《おそ》い。母親《ははおや》にけがをさせられたくなかったら、さっさとそいつをこっちへ寄《よ》こすんだな！」

「その言葉《ことば》、いただいたわ!!」

「なに!?」

突然《とつぜん》、倉庫中《そうこじゅう》に高《たか》い女性《じょせい》の声《こえ》が響《ひび》きわたる。

辺《あた》りを見《み》まわす男《おとこ》たちに向《む》かって、真《ま》っ白《しろ》なライトがぱっと照《て》らされた。

暗《くら》いところに目《め》が慣《な》れていた三人《にん》は、あまりの明《あか》るさに、手《て》で顔《かお》を覆《おお》う。

「だっ、だれだ！」

「まさか、こんなところに、とんでもない悪党《あくとう》が潜《ひそ》んでいるなんてね。このわたしも、気《き》がつかなかったわ！」

白《しろ》いライトを背《せ》に、スーツ姿《すがた》の女性《じょせい》のシルエットが浮《う》かびあがる。しっかりとマイクをにぎった浅見《あさみ》が、男《おとこ》三人《にん》をびしっと指《ゆび》さしていた。

積《つ》みあがったコンテナの後《うし》ろから、きらりとカメラのレンズが光《ひか》る。

「おまえ、ニュースキャスターの浅見《あさみ》……！」

「もしかして、今《いま》の話《はなし》を!?」

「もちろん、逃《のが》さず撮影《さつえい》させてもらったわ。あなたたちのこと、スクープさせてもらいます！」

「ちくしょう！」

いかつい男《おとこ》が、細谷《ほそや》と健太《けんた》を突《つ》きとばして、浅見《あさみ》へと襲《おそ》いかかる。逃《に》げようとした浅見《あさみ》が、さっと振《ふ》りかえると、すでに小柄《こがら》な男《おとこ》が回《まわ》りこんでいた。

「きゃあ！」

「今撮《いまと》ったVTR《ブイティーアール》を渡《わた》せ！」

小柄《こがら》な男《おとこ》が、拳《こぶし》を振《ふ》りあげる。驚《おどろ》いた浅見《あさみ》が、ぎゅっと目《め》をつぶった。

「ちょおおおっと待《ま》ったあ――――！」

みんなが、その声《こえ》にばっと顔《かお》を上《あ》げる。

倉庫《そうこ》の二階《かい》からつり下《さ》がったロープを持《も》って、女《おんな》の子《こ》がひらりと中空《ちゅうくう》を舞《ま》っていた。

勢《いきお》いをつけて、すみれはロープから、迷《まよ》わず手《て》を放《はな》す。落下《らっか》しながら一回転《かいてん》すると、小柄《こがら》な男《おとこ》へ向《む》かって、足《あし》をぐいんと伸《の》ばした。

ドンッ
「ぐうっ！」

男《おとこ》の体《からだ》が、ぐらりと地面《じめん》に倒《たお》れる。その顔《かお》には、すみれのくつのあとがくっきりとついていた。

驚《おどろ》くみんなの前《まえ》で、ズドンと大《おお》きな音《おと》を立《た》てながら、すみれは床《ゆか》に着地《ちゃくち》する。ぴっと、両手《りょうて》を上《うえ》に伸《の》ばして、胸《むね》をはった。

「うん！　カンペキ！」

「な、なんだおまえは！」

動揺《どうよう》しながらも、いかつい男《おとこ》がすみれに向《む》かって、おおいかぶさるように飛《と》びかかる。

浅見《あさみ》を背後《はいご》にかばいながら、すみれは、男《おとこ》のえり元《もと》と左《ひだり》そでを一瞬《いっしゅん》でつかんだ。

男《おとこ》に向《む》かって、にやっと笑《わら》う。すばやく、右足《みぎあし》で男《おとこ》の股間《こかん》を蹴《け》りあげた。

「うおっ！」

「だから、通《とお》りすがりのナゾのスーパー柔道《じゅうどう》ヒロインだって……ば！」

その呼《よ》び方《かた》、もしかして気《き》に入《い》ってるのか？

蹴《け》りあげた体勢《たいせい》のまま、すみれがさっと倒《たお》れこむ。すみれの二倍《ばい》はありそうな巨体《きょたい》が、地面《じめん》から浮《う》きあがった。

ぶわっ
「なっ!?」

「おしおきの、隅返《すみがえ》し！」

男《おとこ》の体《からだ》が、ぽーんとボールみたいに飛《と》んでいく。どさりと大《おお》きな音《おと》を立《た》てて、段《だん》ボールの山《やま》の上《うえ》に不時着《ふじちゃく》すると、ぼろぼろと崩《くず》れてきた荷物《にもつ》に、すっかり埋《う》まった。

「一本《いっぽん》！」

「な、なんだってんだ……」

細身《ほそみ》の男《おとこ》は、あとずさると出入《でい》り口《ぐち》へ向《む》けて走《はし》りだす。

小柄《こがら》な男《おとこ》も、頭《あたま》を振《ふ》ってなんとか正気《しょうき》を取《と》りもどすと、顔《かお》にすみれのくつあとをつけたまま、ふらつきながら後《あと》を追《お》った。

「待《ま》ってくれ、おれも！」

二人《ふたり》は、積《つ》みあがった荷物《にもつ》の間《あいだ》にある狭《せま》いすき間《ま》を、出入《でい》り口《ぐち》へと必死《ひっし》の顔《かお》で走《はし》る。

荷物《にもつ》のかげで、腰《こし》を落《お》とした光一《こういち》は、聞《き》き耳《みみ》を立《た》てて気配《けはい》を探《さぐ》る。反対側《はんたいがわ》にいる和馬《かずま》と目《め》を合《あ》わせると、こくりとうなずきあった。

男《おとこ》たちの足音《あしおと》が、倉庫《そうこ》に反響《はんきょう》しながら近《ちか》づいてくる。

あと、三歩《ぽ》。二歩《ほ》――。

一歩《ぽ》！

光一《こういち》と和馬《かずま》は、タイミングを合《あ》わせて、荷物《にもつ》のかげから、通路《つうろ》に向《む》かって回《まわ》し蹴《げ》りをする。

ふらついていた男《おとこ》たちの足《あし》が、見事《みごと》にドンッと引《ひ》っかかった。

「わあああぁあ！」

「ぎゃあっ！」

だらしない声《こえ》を上《あ》げながら、男《おとこ》たちが顔《かお》からどさりと倒《たお》れこむ。二人《ふたり》は、はいつくばりながらも、出入《でい》り口《ぐち》に向《む》かって手《て》を伸《の》ばした。

「は、早《はや》く、ここから……」

ギギ、ギギギギ……

倉庫《そうこ》の入《い》り口《ぐち》が、きしみながら開《ひら》かれる。外《そと》から、一筋《ひとすじ》の明《あか》るい光《ひかり》が射《さ》しこんだ。

「もしかして、助《たす》かっ……」

「そんなわけがないだろう」

聞《き》いただけで震《ふる》えあがりそうな、低《ひく》い威圧感《いあつかん》のある声《こえ》。

ドアが大《おお》きく開《ひら》いて、さあっと白《しろ》い光《ひかり》が男《おとこ》たちを照《て》らしだす。

パトカーのライトだ。

光《ひかり》を背《せ》に浴《あ》びながら、先頭《せんとう》に立《た》った風早警部《かぜはやけいぶ》が、かっと目《め》を見開《みひら》いた。

「脅迫《きょうはく》、誘拐教唆《ゆうかいきょうさ》、暴行《ぼうこう》の疑《うたが》いで同行《どうこう》してもらおう。集団《しゅうだん》で行《おこな》っている詐欺《さぎ》についても、しっかり追及《ついきゅう》するから、覚悟《かくご》しておくんだな」

げっ、本物《ほんもの》の鬼《おに》みたいな顔《かお》してるぞ。

やっぱり、風早警部《かぜはやけいぶ》に怒《おこ》られるのはごめんだな。

光一《こういち》は、首《くび》をすくめながら風早警部《かぜはやけいぶ》の奥《おく》を見《み》やる。

パトカーのそばには、緊張《きんちょう》した顔《かお》の今井刑事《いまいけいじ》が立《た》っている。その横《よこ》で、風早警部《かぜはやけいぶ》を案内《あんない》してきたクリスが、こちらに向《む》かって小《ち》さくピースサインをしていた。

作戦《さくせん》、成功《せいこう》か。

光一《こういち》は、ふうと息《いき》をはくと、荷物《にもつ》から服《ふく》に移《うつ》ったほこりをはらいながら立《た》ちあがる。

あとは、仕上《しあ》げだな。

カシャカシャと、シャッター音《おん》がするほうを振《ふ》りかえる。男《おとこ》たちを追《お》いかけてきた浅見《あさみ》が、カメラを向《む》けながら大《おお》きくガッツポーズをしていた。

さっき襲《おそ》われたばっかりなのに、浅見《あさみ》さんってほんとにタフだよな……。

「ふふふ、撮《と》った。撮《と》ったわ！　警察《けいさつ》が詐欺《さぎ》の一味《いちみ》を捕《つか》まえるところを、スクープしたわよ！あっ、光一《こういち》くん！」

浅見《あさみ》が、ギラギラした眼《め》をしながら、ヒールを鳴《な》らして寄《よ》ってくる。光一《こういち》のあごに当《あ》たりそうなくらい、ぐっとマイクを突《つ》きつけた。

「光一《こういち》くん、学校《がっこう》でわたしと約束《やくそく》したわよね？　特大《とくだい》スクープをくれるって。これから忙《いそが》しくなりそうだし、『脱獄犯立《だつごくはんた》てこもり事件《じけん》』の秘密《ひみつ》を、今《いま》すぐに話《はな》してちょうだい！」

「………」

あまいな。

光一《こういち》は、浅見《あさみ》の顔《かお》をじっと見《み》つめる。とぼけたように、首《くび》をかしげた。

「浅見《あさみ》さん、何言《なにい》ってるんですか？　特大《とくだい》スクープなら、今撮《いまと》れたじゃないですか」

「え、今《いま》って……？」

光一《こういち》は、笑《わら》いたいのを必死《ひっし》にこらえる。浅見《あさみ》が首《くび》から下《さ》げているカメラを指《ゆび》さした。

「たった今《いま》、自分《じぶん》でスクープを撮《と》ったって言《い》ってましたよ」

「ええっ、それはそうだけど。えっ、でも」

浅見《あさみ》は、とまどいながら、光一《こういち》の顔《かお》とカメラを見《み》くらべる。突然《とつぜん》、はっとした表情《ひょうじょう》をすると、わなわなと手《て》を震《ふる》わせた。

「もしかしてっ、光一《こういち》くんが言《い》ってた特大《とくだい》スクープってこれなの!?」

浅見《あさみ》が、両手《りょうて》をほおに当《あ》てて絶叫《ぜっきょう》する。光一《こういち》は、今《いま》まで一番《いちばん》の笑顔《えがお》を浅見《あさみ》に向《む》けた。

「詐欺《さぎ》グループの摘発《てきはつ》を撮影《さつえい》するなんて、十分特大《じゅうぶんとくだい》スクープですよね、浅見《あさみ》さん。ところで、こんなところでおれと話《はな》してて、いいんですか？　詐欺《さぎ》グループの男《おとこ》たち、早《はや》くしないと警察《けいさつ》がすぐに連行《れんこう》すると思《おも》いますよ」

「ああっ！　それはだめ！　辻《つじ》くん、急《いそ》いで警察《けいさつ》の様子《ようす》、カメラに収《おさ》めてきて！　角田《かくた》くんは、局《きょく》に連絡《れんらく》してこの後《あと》すぐのニュース枠《わく》、とってもらって！　それからそれから……」

浅見《あさみ》は、慌《あわ》ててスタッフへと指示《しじ》を出《だ》す。自分《じぶん》も、飛《と》ぶように風早警部《かぜはやけいぶ》の元《もと》へと走《はし》っていった。

おれたちも、そろそろ帰《かえ》るか。

光一《こういち》は、和馬《かずま》と並《なら》んで、そそくさと倉庫《そうこ》を出《で》る。後《うし》ろから、すみれと健太《けんた》がすぐに追《お》いついた。

今井刑事《いまいけいじ》に頭《あたま》を下《さ》げて、クリスも四人《にん》へ向《む》かって駆《か》けよる。

「みんな……無事《ぶじ》でよかったわ」

「クリス、助《たす》かった。それにしても、ちょうどいいタイミングだったな」

「徳川《とくがわ》くんが、事前《じぜん》に風早警部《かぜはやけいぶ》に連絡《れんらく》しておいてくれたから。細谷《ほそや》さんと健太《けんた》が、詐欺《さぎ》グループを追《お》っているっていうのも、すぐわかってくれたし」

クリスの横《よこ》に並《なら》んだすみれが、腕《うで》をぐーっと伸《の》ばす。気持《きも》ちよさそうに、伸《の》びをした。

「はーっ、すっきりした！　やっぱり、最後《さいご》はこうでなくっちゃね！」

「ぼくは、けっこうひやひやしたなあ。突然《とつぜん》、男《おとこ》の人《ひと》たちが襲《おそ》ってくるし」

健太《けんた》が、はああと肩《かた》から息《いき》をはきだす。すみれが、その背中《せなか》をどんっと叩《たた》いた。

「でも、今日《きょう》の健太《けんた》はけっこうきまってたかも！　いつもより、頼《たの》もしく見《み》えたし。ちょこっとだけど」

「えええ、それはすごくって言《い》ってよお！」

「これで、今度《こんど》こそ事件《じけん》は……解決《かいけつ》ね」

クリスが、ほっとしたように朗《ほが》らかに笑《わら》った。

「健太《けんた》も助《たす》けたし、詐欺《さぎ》グループも摘発《てきはつ》したし！」

「世界一《せかいいち》クラブの秘密《ひみつ》も、守《まも》ったしね！」

「……オレは、徳川《とくがわ》が世界一《せかいいち》クラブの秘密《ひみつ》を話《はな》すつもりなのかと思《おも》った」

横《よこ》から、ぼそりと声《こえ》がして顔《かお》を上《あ》げる。和馬《かずま》が、浅見《あさみ》の後《うし》ろ姿《すがた》を見《み》ていた。

たしかに、今回《こんかい》はちょっと危《あぶ》なかったな。

でも。

「あのときは、健太《けんた》を助《たす》けだすことが一番《いちばん》だったから。それに――」

光一《こういち》は、四人《にん》の顔《かお》をくるりと見《み》かえして、笑《わら》いながら言《い》った。

「なんとかできると思《おも》ったんだ。仲間《みんな》が集《あつ》まれば」

19 世界一《せかいいち》の秘密基地《ひみつきち》!?

「開《あ》けるぞ」

カチャリ
光一《こういち》は、あまり使用《しよう》したあとのないカギを、ドアに差《さ》しこんだ。

今日《きょう》は、選挙《せんきょ》の結果発表《けっかはっぴょう》があった翌日《よくじつ》の木曜日《もくようび》。学校《がっこう》は、もうすっかり普段《ふだん》の放課後《ほうかご》だ。

人気《ひとけ》のない管理棟《かんりとう》の二階《かい》。壁《かべ》のかげに隠《かく》れるようにある、小《ち》さな部屋《へや》。

ここに児童会室《じどうかいしつ》があるのは知《し》ってたけど、来《く》るのははじめてだな。

一思《ひとおも》いに、えいっと鍵《かぎ》を半回転《はんかいてん》させる。

思《おも》いっきりドアを引《ひ》くと、もわっとした空気《くうき》が顔《かお》にあたった。

「あ。あたし、窓開《まどあ》けるね!」

光一《こういち》の横《よこ》をすり抜《ぬ》けたすみれが、手早《てばや》く窓《まど》を開《ひら》く。教室《きょうしつ》の半分《はんぶん》くらいの広《ひろ》さがある部屋《へや》が、一《いっ》気《き》に明《あか》るくなった。

真《ま》ん中《なか》には、大《おお》きな長方形《ちょうほうけい》のテーブルが置《お》いてある。光一《こういち》は、壁《かべ》ぎわの席《せき》に腰《こし》を下《お》ろした。

「ふーん、けっこういいじゃん！　五人《にん》で集《あつ》まるには、十分《じゅうぶん》だし」

そう言《い》いながら、すみれは棚《たな》に顔《かお》をつっこんで、わずかに置《お》かれた荷物《にもつ》を調《しら》べている。

おそるおそる部屋《へや》に入《はい》ったクリスは、落《お》ちつきなく辺《あた》りを見《み》まわしながら、イスに座《すわ》った。

「本当《ほんとう》に、わたしたちも入《はい》っていいの？」

「いいんじゃないか。これには、特《とく》に何《なに》も書《か》いてないし」

光一《こういち》は、児童会規則《じどうかいきそく》のしおりをパラパラとめくって、クリスに手《て》わたした。


事件《じけん》が解決《かいけつ》した翌日《よくじつ》の火曜日《かようび》。三《み》ツ谷小《やしょう》では予定通《よていどお》り、児童会《じどうかい》の選挙《せんきょ》が行《おこな》われた。

そして、開票作業《かいひょうさぎょう》が行《おこな》われ、その翌日《よくじつ》に光一《こういち》は無事《ぶじ》、会長《かいちょう》に当選《とうせん》した。

初仕事《はつしごと》として寄付金《きふきん》の受《う》けわたしセレモニーを行《おこな》った光一《こういち》に、福永先生《ふくながせんせい》が手渡《てわた》したのは、児童《じどう》会《かい》のしおりと――。

この部屋《へや》のカギだった。

クリスが、光一《こういち》の広《ひろ》げたしおりをのぞきこむ。興味深《きょうみぶか》そうに、すらすらと読《よ》みあげた。

「えっと、『児童会室《じどうかいしつ》は、児童会役員《じどうかいやくいん》が活動《かつどう》する際《さい》に使用《しよう》するものとする。管理《かんり》は児童会長《じどうかいちょう》が行《おこな》うこと。以上《いじょう》』……」

「たしかに、『児童会役員以外《じどうかいやくいんいがい》が使《つか》っちゃだめ』とは、書《か》いてないね」

すみれが、光一《こういち》に向《む》かってにやりと笑《わら》う。

「ま、そういうことだな。おれたちの活動《かつどう》は、すでに学校《がっこう》のためにもなってる、立派《りっぱ》な『活動《かつどう》』だし。世界一《せかいいち》クラブで使《つか》っても、問題《もんだい》ないだろ」

「なんか、私物《しぶつ》とか置《お》いてってもいい？　雑誌《ざっし》とか、マンガとか……」

「あんまり散《ち》らかすなよ。いちおう、児童会室《じどうかいしつ》なんだからな」

「えーっ、いいじゃん！　つまり、今《いま》は光一《こういち》と健太《けんた》の部屋《へや》ってことでしょ？」

それは間違《まちが》ってないけど。

って、おれと健太《けんた》の部屋《へや》なら散《ち》らかしてもいいってわけじゃないからな!?

「みんな～、遅《おそ》くなってごめん！」

廊下《ろうか》から、どたどたと落《お》ちつきのない足音《あしおと》がする。

三人《にん》がそろって振《ふ》りむくと、息《いき》を切《き》らせた健太《けんた》が、満面《まんめん》の笑《え》みで飛《と》びこんでくるところだった。

「えへへ、また新聞《しんぶん》の取材《しゅざい》を受《う》けちゃってさ！　大変《たいへん》だったんだあ」

「さっすが、忙《いそが》しいじゃん。副会長《ふくかいちょう》！」

すみれがからかうと、健太《けんた》は、あははと照《て》れくさそうに頭《あたま》をかいた。

風早警部《かぜはやけいぶ》が、詐欺《さぎ》グループを逮捕《たいほ》した事件《じけん》は、浅見《あさみ》がその日《ひ》のうちに、テレビで決定的瞬間《けっていてきしゅんかん》を放送《ほうそう》したことで、一気《いっき》に特大《とくだい》スクープになった。

細谷《ほそや》は、注意《ちゅうい》は受《う》けたものの、誘拐《ゆうかい》ではなかったということで無罪放免《むざいほうめん》。

詐欺《さぎ》グループの摘発《てきはつ》に貢献《こうけん》したことで、健太《けんた》はテレビや新聞《しんぶん》でも大《おお》きくあつかわれた。

その効果《こうか》で、健太《けんた》は副会長《ふくかいちょう》に大逆転《だいぎゃくてん》の当選《とうせん》を果《は》たした。

……もちろん、風早警部《かぜはやけいぶ》からは、協力《きょうりょく》に感謝《かんしゃ》するって言葉《ことば》とともに、帰《かえ》りのパトカーで、しっかりとしかられたわけだけど。

健太《けんた》は、バッグを置《お》くと、なぜかがっかりと肩《かた》を落《お》とした。

「そういえば、寄付金《きふきん》の一千万円《まんえん》を受《う》けとるセレモニー、浅見《あさみ》さんが取材《しゅざい》に来《き》てくれなくて残念《ざんねん》だったなあ～」

「あの事件以来《じけんいらい》、ますます忙《いそが》しそうだものね。せっかくの三《み》ツ谷小《やしょう》の特番《とくばん》も、スクープで流《なが》れちゃったし……」

「残念《ざんねん》だったね、光一《こういち》。あんなに取材受《しゅざいう》けたのにさ」

「あれ以上《いじょう》、変《へん》な映像《えいぞう》を流《なが》されるくらいなら、特番《とくばん》がなくなったほうがマシだ」

ブルルッ、ブルルッ

げ、またメールか……。

光一《こういち》は、ポケットで振動《しんどう》したスマホを取《と》りだす。画面《がめん》に映《うつ》った文字《もじ》を見《み》て、ぐしゃりと頭《あたま》をかいた。

「どうしたの？　光一《こういち》」

「……浅見《あさみ》さんからだ」

「徳川《とくがわ》くん、浅見《あさみ》さんと友《とも》だちになったの？」

「光一《こういち》、けっこうすみにおけないじゃん」

「違《ちが》う！　事件《じけん》の後《あと》に、詐欺《さぎ》グループの捜査状況《そうさじょうきょう》を教《おし》えてあげるからって言《い》われて……」

「どんなメール？　ぼくも読《よ》みたいなあ！」

光一《こういち》は、はあっとため息《いき》をつきながら、テーブルの上《うえ》にスマホをのせる。健太《けんた》が、浅見《あさみ》の声《こえ》まねをしながら、大声《おおごえ》で読《よ》みあげた。

『光一《こういち》くん、元気《げんき》!?　こっちは毎日《まいにち》、あの詐欺事件《さぎじけん》の実態《じったい》を調査《ちょうさ》するのに、忙《いそが》しいわ！

細谷《ほそや》くんの他《ほか》にも、たくさんの被害者《ひがいしゃ》がいたみたい。

あの事件《じけん》が解決《かいけつ》できて、本当《ほんとう》によかったわ。これも、光一《こういち》くんたちのおかげね！

約束通《やくそくどお》り、特大《とくだい》スクープはつかませてもらったから、今回《こんかい》はあきらめてあげる。

でも、みんなについていったら、また大事件《だいじけん》と出《で》くわせる気《き》がするの。

そのうちまた密着取材《みっちゃくしゅざい》に行《い》くから、楽《たの》しみにしててね♥

浅見《あさみ》カオル』

「うわあ……」

「世界一《せかいいち》クラブのこと、これからも探《さぐ》る気《き》まんまんじゃん！」

「浅見《あさみ》さんにはずっと、わたしたち以外《いがい》のスクープを追《お》いかけておいてほしいわ……」

クリスが、肩《かた》を落《お》としながら、ぽつりとこぼした。

「ぼくはちょっとうれしいけどなあ。浅見《あさみ》さん、おもしろいし」

まだ取材《しゅざい》されたりないのか、健太《けんた》がへらっと笑《わら》う。テーブルからスマホを取《と》って、光一《こういち》に手わたした。

「でもさあ、あのとっさの状況《じょうきょう》で、細谷《ほそや》さんを助《たす》けた上《うえ》に、浅見《あさみ》さんから秘密《ひみつ》を守《まも》って、ぼくまで当選《とうせん》させちゃうなんて。さすが光一《こういち》だよね！」

「いや、今回《こんかい》は健太《けんた》のおかげなんじゃないか？」

「えええ、ぼく？　でも、今回《こんかい》のぼくって、光一《こういち》を助《たす》けるどころか、光一《こういち》に助《たす》けられまくっちゃってたと思《おも》うけど」

「でも、健太《けんた》がドジって細谷《ほそや》さんに連《つ》れさられなかったら、詐欺《さぎ》グループは摘発《てきはつ》できなかっただろ？」

それに、事件解決《じけんかいけつ》のアイディアを思《おも》いついたのは、健太《けんた》が細谷《ほそや》さんを助《たす》けたいって言《い》ったから。

つまり、健太《けんた》のおかげだ。

本当《ほんとう》、健太《けんた》は人《ひと》を驚《おどろ》かせる天才《てんさい》だよな。

「それに、健太《けんた》が児童会選挙《じどうかいせんきょ》に出《で》るって言《い》わなかったら、この部屋《へや》も使《つか》えるようにならなかったしな」

「えへへ、なんかうれしいなあ！」

光一《こういち》の手《て》をつかんで、健太《けんた》がぶんぶんと腕《うで》を振《ふ》る。笑顔《えがお》が、さらに気《き》の抜《ぬ》けた顔《かお》になった。

「これで、世界一《せかいいち》クラブも、学校《がっこう》で気軽《きがる》に集《あつ》まれるね！　みんなでいっしょに――あれっ、そういえば和馬《かずま》くんは？」

「それが……」

クリスが、気《き》まずそうに言葉《ことば》を切《き》る。すみれに視線《しせん》を送《おく》られて、光一《こういち》は口《くち》を開《ひら》いた。

「帰《かえ》りのホームルームが終《お》わってすぐに、クリスが隣《となり》のクラスに声《こえ》をかけに行《い》ったんだけど、もういなかったんだ。いちおう、昼休《ひるやす》みに手紙《てがみ》で連絡《れんらく》はしておいたんだけど」

「えええーっ！　助《たす》けてくれたお礼《れい》、言《い》いたかったのになあ」

健太《けんた》が、しょんぼりとうなだれる。

「せっかく、人目《ひとめ》を気《き》にせず話《はな》せる場所《ばしょ》ができたのにね……何《なに》か用事《ようじ》でもあったのかしら？」

「風早《かぜはや》のことだから、また忍《しの》びの修行《しゅぎょう》でもしてるんじゃないか？」

「ってことは、やっぱり手裏剣《しゅりけん》とか!?　そういえば、車《くるま》をパンクさせるときに使《つか》ってたやつ、カッコよかったよね」

「ぼく、前《まえ》に本《ほん》で読《よ》んだよ。あれは、棒手裏剣《ぼうしゅりけん》っていうんだって！　でも、なんで普通《ふつう》の手裏剣《しゅりけん》じゃなかったんだろう？　あの、外側《そとがわ》にトゲトゲが出《で》てるさ……」

「刃《やいば》が外側《そとがわ》についている車剣《くるまけん》は、見《み》つかったときのリスクが大《おお》きい」

「――え!?」

今《いま》の声《こえ》……！

部屋《へや》が、一瞬《いっしゅん》しんと静《しず》まりかえる。

開《ひら》きっぱなしのドア。入《い》り口《ぐち》に、少《すこ》し見慣《みな》れてきた人影《ひとかげ》が立《た》っている。

黒《くろ》ずくめの和馬《かずま》が、薄暗《うすぐら》い廊下《ろうか》から一歩《いっぽ》、部屋《へや》へ入《はい》った。

「……棒手裏剣《ぼうしゅりけん》なら、鉛筆《えんぴつ》よりも小《ちい》さなサイズだから、持《も》ち歩《ある》いても目立《めだ》たない」

全員《ぜんいん》から見《み》つめられて居心地《いごこち》が悪《わる》かったのか、切《き》れ長《なが》の瞳《ひとみ》は、光一《こういち》たちからすぐに目《め》をそらした。

「風早《かぜはや》！」

「先生《せんせい》にプリント運《はこ》びを手伝《てつだ》わされて、遅《おそ》くなった」

和馬《かずま》は、後《うし》ろ手《で》でドアを閉《し》めると、一番《いちばん》ドアに近《ちか》い席《せき》に音《おと》もなく座《すわ》る。

すみれとクリスが、目《め》を丸《まる》くして顔《かお》を見《み》あわせる。健太《けんた》は、ガターン！　と大《おお》きな音《おと》を立《た》てて、イスから立《た》ちあがった。

「和馬《かずま》くん、来《き》てくれたんだね〜！」

「ここなら人気《ひとけ》も少《すく》ないし、あまり目立《めだ》たないからな」

和馬《かずま》があくまでそっけなく答《こた》える。

健太《けんた》は、そんなことはみじんも気《き》にせずに、ぴょんぴょんとその場《ば》で跳《と》びはねた。

「ぼく、和馬《かずま》くんが来《き》てくれてうれしいよ。ね、光一《こういち》！」

「ああ。そうだな」

もしかしたら、風早《かぜはや》はおれたちと世界一《せかいいち》クラブをやるのが、いやなんじゃないかって思《おも》ったこともあったけど。

――きっと、ここに来《き》たことが風早《かぜはや》の答《こた》えだ。

「……あんまり期待《きたい》するな。オレはあくまで、助《すけ》っ人《と》だからな」

和馬《かずま》は、一瞬《いっしゅん》だけ光一《こういち》を見《み》たあと、ドアへと顔《かお》を向《む》けた。

「これからは、用《よう》があればここに来《く》る。だから、五井《ごい》。休《やす》み時間《じかん》に追《お》いかけるのはやめろ」

「あれは、和馬《かずま》が逃《に》げるからじゃん！　でも」

すみれが、クリスの横《よこ》にイスを近《ちか》づける。笑《わら》いながら、どんと肩《かた》を寄《よ》せた。

「もうそんなことしなくても、これでいつでも集《あつ》まれるしね。学校《がっこう》での世界一《せかいいち》クラブの秘密基地《ひみつきち》完成《かんせい》！　ってカンジ!?」

「このメンバーなら……無敵《むてき》の秘密基地《ひみつきち》ね」

クリスが、はにかみながら言《い》う。小《ちい》さな声《こえ》だったけれど、その言葉《ことば》はしっかりと部屋《へや》に響《ひび》いた。

「さすがクリスちゃん、いいこと言《い》うなあ。たしかに、このメンバーならこわいものなしだね！」

「あたしは、また、健太《けんた》がドジしないか心配《しんぱい》だけど？」

「そそそ、そんなこと言《い》わないでよ〜。ぼく、危《あぶ》ないことはもうお腹《なか》いっぱいだからさあ……」

健太《けんた》が、体《からだ》の前《まえ》でぶんぶんと手《て》を振《ふ》る。その姿《すがた》を見《み》て、クリスがくすくすとかすかに笑《わら》った。

あれ、もしかして風早《かぜはや》も……笑《わら》ってる？

「ねえ、和馬《かずま》。使《つか》ってた手裏剣《しゅりけん》、貸《か》してよ。あたしも、投《な》げてみたい！」

「だめだ。素人《しろうと》に渡《わた》すものじゃない」

「ねえねえ、和馬《かずま》くん。和馬《かずま》くんは放課後《ほうかご》、訓練《くんれん》してるんでしょ？　どんなことするの？」

「……壁登《かべのぼ》りとか、道具《どうぐ》を使《つか》う練習《れんしゅう》とか」

「おもしろそう！　あたしにもさせてよ。今度《こんど》こそ、和馬《かずま》に追《お》いかけっこで勝《か》ちたいし！」

「ぼくもぼくも！　カッコよく、**たたみがえし！**　とかやりたいんだ！」

「…………」

すみれと健太《けんた》の視線《しせん》を無視《むし》して、和馬《かずま》が渋《しぶ》い顔《かお》でじっと光一《こういち》を見《み》つめる。

その二人《ふたり》の密着取材《みっちゃくしゅざい》ぐらい、がまんしてくれ。

今回《こんかい》、被害《ひがい》を受《う》けてないのは、風早《かぜはや》だけなんだからな。

「わたしも……風早《かぜはや》くんの修行《しゅぎょう》、ちょっとだけ、興味《きょうみ》があるかも……」

え!?　今《いま》の声《こえ》、クリスだよな？

健太《けんた》とすみれが、ぴたりと騒《さわ》ぐのをやめる。和《かず》馬《ま》も、目《め》を見《み》はった。

「あっ、ちがうの！」

部屋《へや》にいる全員《ぜんいん》から見《み》つめられて、クリスはあわてて体《からだ》の前《まえ》で手《て》を振《ふ》った。

「そうじゃなくて……その、目立《めだ》たなくなる方法《ほうほう》とか。風早《かぜはや》くんって、気配《けはい》を消《け》すのが、うまいし」

「クリス、それ」

「意外《いがい》と切実《せつじつ》だね……」

和馬《かずま》は、困《こま》ったように眉《まゆ》を下《さ》げる。ついと、無《ぶ》愛想《あいそう》に横《よこ》を向《む》いた。

「……機会《きかい》があればな」

「ほんと!?」

「ずるい！　クリスばっかり！」

「ぼくにも教《おし》えてよ、和馬《かずま》くん〜！」

まったく、すみれも健太《けんた》も、廊下《ろうか》まで声《こえ》が聞《き》こえるぞ。

とにかく、これで一件落着《いっけんらくちゃく》だな。

一時《いちじ》はどうなることかと思《おも》ったけど。

いつもの癖《くせ》で、左手《ひだりて》の腕時計《うでどけい》をちらりと見《み》る。いつの間《ま》にか、部屋《へや》に来《き》てから、あっという間《ま》に時間《じかん》が過《す》ぎていた。

気《き》づいたときには、ゆっくりとまぶたが閉《と》じていく。

げっ。

遅《おそ》かった。

みんなの声《こえ》が、だんだんと遠《とお》くなっていく。

「つぎは、どんな事件《じけん》が起《お》こるかなあ？」

「それはもちろん、スーパーウルトラ危険《きけん》でアブナくて、デンジャラスなやつでしょ！」

すみれ、それ……ぜんぶ、危険《きけん》を言《い》いかえてるだけだぞ。

だめだ。もう眠《ねむ》くてつっこめない。

——まあ、どんな事件《じけん》が来《き》ても、このメンバーならだいじょうぶだろう。

たぶん、きっと……

「早《はや》く、またつぎの事件《じけん》が起《お》きるといいな！　ね、光一《こういち》……あれ、光一《こういち》？」

「……そうだな」

光一《こういち》は、寝顔《ねがお》をかくしながら、机《つくえ》にずるずるとつっぷした。

「あっ、光一《こういち》ってば寝《ね》ちゃった！」

「今回《こんかい》の密着取材《みっちゃくしゅざい》で、だいぶおつかれだったしね！」

「せっかくだし、今《いま》のうちに光一《こういち》の失敗談《しっぱいだん》でも話《はな》しちゃおっと！　ここだけの話《はなし》なんだけど、幼稚園《ようちえん》のときに――」

世界一《せかいいち》クラブの秘密基地《ひみつきち》となった部屋《へや》には、さっそく、にぎやかな話《はな》し声《ごえ》が響《ひび》いていた。

作戦終了《さくせんしゅうりょう》

★あとがき

こんにちは。『世界一《せかいいち》クラブ』を書《か》いている、大空《おおぞら》なつきです。

この本《ほん》を手《て》に取《と》ってくれて、本当《ほんとう》にありがとうございます。

あなたと、この本《ほん》を通《とお》して出会《であ》えた奇跡《きせき》に感謝《かんしゃ》です。

インターネット会社《がいしゃ》、Ｇｏｏｇｌｅ《グーグル》によると、世界《せかい》には一億作品以上《いちおくさくひんいじょう》の本《ほん》があると確認《かくにん》されているそうです。

つまり、運命《うんめい》の人《ひと》と出会《であ》うくらいの確率《かくりつ》で、この本《ほん》を手《て》に取《と》ったってこと！（かな？）

せっかくだから、光一《こういち》たち世界一《せかいいち》クラブを好《す》きになってもらえたらうれしいです。

今回《こんかい》の世界一《せかいいち》クラブ、まさかのクラブの秘密《ひみつ》が狙《ねら》われてしまいました。

光一《こういち》は踏《ふ》んだり蹴《け》ったりでしたね。

でも、光一《こういち》だけじゃなくて、すみれ、健太《けんた》、クリスに和馬《かずま》たち他《ほか》のメンバーも、それぞれ仲間《なかま》のためにがんばったり、気《き》づかったり。

世界一《せかいいち》クラブのメンバーの距離《きょり》が、また少《すこ》し、近《ちか》づいたんじゃないかな？　って思《おも》います。

そして、健太《けんた》の活躍《かつやく》はどうだったでしょうか？

健太《けんた》はドジだけれど、やっぱり世界一《せかいいち》クラブになくてはならない存在《そんざい》ですね。

光一《こういち》は特《とく》に、そうなんじゃないでしょうか。

だって、警部《けいぶ》に「親友《しんゆう》」と言《い》ってしまうくらいですからね。


ところで、聞《き》いたところによると、あとがきから本《ほん》を読《よ》みはじめる！　っていう人《ひと》もたくさんいるそうです。なので、ここではお話《はなし》のネタバレはせずに……。

世界一《せかいいち》クラブのメンバーのひみつの情報《じょうほう》を、暴露《ばくろ》していっちゃいます！

それじゃあ、まずは世界一《せかいいち》クラブのリーダー、光一《こういち》の……。

あれ？　気《き》のせいかな。今《いま》、だれかが背後《はいご》にいた気《き》がしたけど（和馬《かずま》じゃないよね？）。

……気《き》のせいですね。

それじゃあ気《き》を取《と》りなおして、光一《こういち》の――。

「みんなに向《む》かって、おれの何《なに》を教《おし》えようとしてるんだ？」

あっ、光一《こういち》！　いい、いつの間《ま》に!?

それはもちろん、光一《こういち》がどれだけ世界一《せかいいち》クラブのリーダーにふさわしいかってことだよ〜。

コホン。それじゃあ、改《あらた》めて。

光一《こういち》の好《す》きな食《た》べ物《もの》は激辛料理《げきからりょうり》とコーラ。**嫌《きら》いな食《た》べ物《もの》は、ふつーにピーマンです!!**

「勝手《かって》に、人《ひと》の情報《じょうほう》を流《なが》すな！」

まあまあ。ところで、光一《こういち》は何《なん》でその二つが好《す》きなの？

「一回《かい》食《た》べたら、はまったんだ。健康《けんこう》によくないのはわかってるから、めったに食《た》べないけど」

そういえば、眠《ねむ》くなった時《とき》に激辛《げきから》ラーメンを食《た》べたら起《お》きてられるんじゃない？

「前《まえ》にやったけど、どんぶりに顔《かお》をつっこんでひどい目《め》に、って、もう帰《かえ》る！」

わー、ちょっと落《お》ちついて！　これも世界一《せかいいち》クラブの活動《かつどう》の一つで……って行《い》っちゃった。

でも、みんなも、もっと世界一《せかいいち》クラブのプライベートな情報《じょうほう》が知《し》りたいんじゃないかなあ。

ということで、世界一《せかいいち》クラブのメンバーに聞《き》きたい！　っていうことがあったら、どしどしお手紙《てがみ》で質問《しつもん》してくださいね。

好《す》きなもの、嫌《きら》いなもの、身長《しんちょう》に誕生日《たんじょうび》、趣味《しゅみ》に……好《す》きな人《ひと》!?

わたしがバッチリ（こっそり）、お答《こた》えします！

みなさんからいただいたお手紙《てがみ》に、いっつもたくさんの元気《げんき》と勇気《ゆうき》をもらっています。

イラストを描《か》いてくださったり、キャラクターについて語《かた》ってくださったり。

このキャラが好《す》き〜！　っていうお話《はなし》も、とってもうれしいです。

本当《ほんとう》に、ありがとうございます！　お手紙《てがみ》は、大切《たいせつ》にお部屋《へや》に飾《かざ》らせてもらっています。


第三巻《だいさんかん》は、二〇一八年《ねん》の春《はる》ごろに発売予定《はつばいよてい》です。

光一《こういち》たち世界一《せかいいち》クラブが大活躍《だいかつやく》。さらにさらにアツいお話《はなし》になっています！

二巻《かん》は、健太《けんた》がキーキャラクターになりましたが、三巻《かん》では、なんとあの人《ひと》が……！

あんなところで、あんな人《ひと》とバトル!?

手《て》に汗《あせ》にぎるキケンなお話《はなし》になる予定《よてい》です。みなさん楽《たの》しみに待《ま》っていてくださいね。


この本《ほん》を手《て》に取《と》ってくれたあなたも、もう世界一《せかいいち》クラブのメンバー。

また、次《つぎ》の事件《じけん》でお会《あ》いしましょう！

二〇一七年《ねん》十一月《がつ》

大空《おおぞら》　なつき

角川つばさ文庫

大空なつき／作

東京都在住。ゾロ目の日生まれの射手座。かけている眼鏡を真剣に探すこともある、世界一のうっかり者。いちごと生クリームが大好き。博物館や図書館に、よく出没します。『世界一クラブ』にて、第５回角川つばさ文庫小説賞一般部門〈金賞〉受賞。著作に『世界一クラブ　最強の小学生、あつまる！』『世界一クラブ　伝説の男と大勝負!?』『世界一クラブ　宿泊体験はサプライズ !?』『おもしろい話、集めました。Ⓓ』(角川つばさ文庫)。

明菜／絵

イラストレーター。「ミカグラ学園組曲」シリーズ（MF文庫Ｊ）のイラストを担当し、TVアニメ化される。つばさ文庫では、「世界一クラブ」シリーズのイラストを担当。

角川《かどかわ》つばさ文庫《ぶんこ》　Aお2-2

世《せ》界《かい》一《いち》クラブ

テレビ取材《しゅざい》で大《だい》スクープ！

作《さく》　大空《おおぞら》なつき
絵《え》　明菜《あきな》

2018年１月15日　初版発行
2019年６月15日　８版発行

発行者　郡司 聡
発　行　株式会社KADOKAWA
〒102-8177　東京都千代田区富士見 2-13-3
電話　0570-002-301（ナビダイヤル）
印　刷　大日本印刷株式会社
製　本　大日本印刷株式会社
装　丁　ムシカゴグラフィクス

ISBN978-4-04-631741-4　C8293　　N.D.C.913　215p　18cm

KADOKAWA　カスタマーサポート
［電話］0570-002-301（土日祝日を除く11時～13時、14時～17時）
［WEB］https://www.kadokawa.co.jp/（「お問い合わせ」へお進みください）
※製造不良品につきましては上記窓口にて承ります。
※記述・収録内容を超えるご質問にはお答えできない場合があります。
※サポートは日本国内に限らせていただきます。

読者のみなさまからのお便りをお待ちしています。下のあて先まで送ってね。
いただいたお便りは、編集部から著者へおわたしいたします。

〒102-8078　東京都千代田区富士見 1-8-19　角川つばさ文庫編集部